海犬短篇小說選

在凋零的季節中綻放吧

文 ■ 海 犬
繪 ■ 榭 芙

推薦序

「海犬的作品故事性十足，簡潔的文字成功勾動出餘韻，同時又不斷挑戰世界背後的殘酷與真實，他就是這麼一個散發光芒的小說家，讓我為之著迷——無法直視這本書的人要小心了，或許你和地球已經離得太遠。」

——作家　月亮熊

推薦序

「該怎麼說呢，極少數的作家擁有孑然一身的勇氣。在小路上行走，即使孤單一人，也從來不會畏懼、或是後悔。

他敢與世界為敵，只為了道出心中的故事。

我通常稱這種作家為：海犬。」

——作家　微混吃等死

Epilogue

Keep Forever

01

鳥鳴傳入耳裡，這是我第一次聽見的聲音。
緩緩睜開眼睛，早晨的陽光從上方照射而下。
擁有綠葉的藤蔓，點綴著紅紫色的小花朵，從地面一路攀藤至我的全身。
這是我的誕生，新生的自己早已擁有知識。
不過也馬上查覺，我所擁有的知識並不完全。
我為何誕生？
為何會擁有這些知識？
這兩個問題，無法從大腦中找到答案。
但我很明確地知道自己誰——
我是一株植物。
從一顆種子中誕生，以「人類」姿態所生成的植物。
全身器官與組織成熟的我，從成長的睡眠中醒來。
我望了望四周，這是一個被植物攀佈的小房間。
由石磚砌成的牆面，被根性頑強的植物扎根，因而產生裂縫。

我以跪姿坐在地面，地面是一塊充滿營養的土壤。
我借由小腿部生長出來的根，吸收當中的養分長大。
然而從根部神經能探知得到，土壤將進兩公尺深，底部是水泥。
這是有人刻意，將這裡設置成培養我的地方。
也就是說，培養出我的人，就是我的「母親」或「父親」了。
必須見那個人才行，因為要知道我誕生的理由，只有那個人能夠給答案。
我試著移動雙腳，小腿處生長出來的根，很扎實地扎在土裡。
不過在我產生想站起來的慾望時，連接著腿部的根就在下一刻脫落。
我小心翼翼地，移開身上帶著花朵的藤蔓。
解開所有束縛後，我站立起來。
雖然是第一次站著，但腳的力道很扎實。
此刻我也明白到，自己擁有非常健康的身體。
我望著上方，房間的天花板沒有遮蔽物，敞開著一個能讓新鮮空氣及陽光、雨水滋潤我的天井。
也因為如此，能發出美妙音色的昆蟲，以及色彩鮮艷的蝴蝶，都能夠進入這裡。
此刻，一陣暖風吹入房間，傳出花草互相摩擦的聲音，也揚起我的頭髮。

在我的知識中，我與名叫人類的生物，雖然外觀上並沒有差別。

但比起人類由蛋白質生成的頭髮，我由植物纖維構成的髮絲更加柔軟，觸感就像花瓣一樣。

位於四方格局的房間一隅，有一扇白色鐵門。

在門的那面牆上，還有一面幾乎占據整面牆的鏡子，能讓我看清楚自己的樣貌。

我擁有如同玫瑰般的紅色長髮，以及綠葉色的瞳孔。

外型接近人類女性，但並不具有性別特徵。

我走向那扇門，門上並沒有門把，但旁邊有個按鈕。

我按下按鈕，門發出氣壓的聲響後往牆內退開，後方出現一個擺滿機械與電腦的空間，地面上滿是線路，但保持得很乾淨。

與此同時，我看見一名穿著白色長袍，大約二十幾歲的男性，坐在一張輪椅上，輪椅旁還擺著一個點滴架。

他正面對著我誕生的房間。

現在才發現，原來剛才看到的鏡子，是外面看得見裡面，裡面卻看不見外面的單向鏡。

男人露出溫暖的笑容望著我。

我對著他問：

「你是，將我創造出來的人嗎？」

男人露出了些許驚訝的表情，但隨後恢復微笑。

接著發出非常有磁性的聲音，對著我說：

「沒有錯。妳的身體感覺怎麼樣？」

「我覺得狀況很好，父親。」

男人疑惑地偏了偏頭說：

「父親？」

「是的。在我初始的知識中，我們的關係接近父女吧？」

父親緩緩閉上眼睛，點了點頭回答：

「確實是呢。」

父親接著推動輪子，將自己轉向房間的出口說：

「雖然我很明白，妳那樣的身體並不需要穿衣服，但我仍看不習慣赤裸的女性，這裡有許多為妳準備好的衣服，跟我來吧。」

看見父親憔悴的身體，轉動輪子的樣子非常吃力，我索性上前幫他推動輪椅。

父親向我道謝了之後，我照著父親指示的方向前進。

一路上，只要地面稍有顛簸震動到輪椅，父親就會露出些微痛苦的表情。

也因為如此，我開始刻意迴避不平坦的路面。

跟著父親的指示，我們來到一間寢室。

裡面有一張雙人床，兩只櫃子及兩張書桌。

這時父親指著其中一只櫃子說：

「那裡面的衣服，全都是屬於妳的，挑喜歡的穿吧。」

我走向櫃子前，打開後發現，裡面裝有各式各樣的女性服裝。

從一般休閒的服裝，到華麗的禮服都有。

但我只為了方便，拿了比較容易穿著的休閒服裝，一件白襯衫及紅色短裙。

就在此刻，一張擺在床頭的相片吸引了我的注意。

那是父親跟一名女性的合照，女性身上的衣服，和我現在穿的一模一樣。

我對著父親問：

「這衣櫃裡的服裝，都是這個女性的嗎？」

「是啊，是她留下來的東西。」

「她是誰呢？」

「她是我深愛著的人。」

「那麼這個人，現在在哪裡呢？」

「她似乎去了一個，離我非常遙遠，卻又非常接近的地方……」

此刻，父親發出了嚴重的咳嗽聲，還咳出了血絲。
我上前原本打算詢問，自己是否能做到什麼？
但對方只是一個要我不用管的手勢，從白袍裡拿出了裝有藥丸的瓶子，吞了一顆藥丸後，症狀就緩和了下來。
其實看見父親旁邊的點滴架，我就已經明白了——
父親生病了，而且是生了非常嚴重的病。
不過父親沒有提及自己的事情，我也沒有擅自詢問。
因為我想，既然父親將我創造出來，那麼一定有他的目的，大概很快就能明白了。

02

自從我誕生後已經過了幾天，父親仍沒有告訴我，將我創造出來的目的。
於是，我主動對著父親提出這個問題。
他卻給我這樣的答案：
「妳想做什麼就做什麼吧，沒有人可以決定妳為何而活，就以一個植物的思想活下去吧。如果真要說的話——妳出生於何處，就歸屬於何處。」

可是我還是不明白。

其它沒有思想的植物，生存的目的是跟我相同的嗎？

有跟我一樣會思考、會說話的植物嗎？

我抱持著這樣的疑惑，走到外面的世界。

外頭是個大草原，只有幾處豎立著大樹，而在更遠的地方則是有幾座山脈。

一陣風吹來，上方傳來鐘聲。

回頭看向後方我誕生的建築——

在這個不怎麼起眼的水泥房中央，有個約三層樓高的鐘塔。

時鐘已經不會動了，但響鐘仍隨著風盪出聲音。

我開始往遼闊的外面世界走去，先是到達一顆大樹下方。

從枝葉縫隙打入的陽光隨著風改變，產生一種閃爍著的錯覺。

我伸手觸摸樹幹，粗糙堅硬的觸感從指尖傳來。

這木質構造比起我的纖維肌膚，更貼近支撐我全身的骨骼架構。

「你一生都待在這個地方嗎？」

我對著這棵大樹開口詢問：

「從誕生以來就待在這裡，一動也不動，也從不說話，直到衰老死去嗎？」

樹只發出枝葉磨擦的聲音，這是在回應我的問題嗎？

「這就是植物誕生的目的嗎?那麼身為植物的我，是不是也該這樣呢?」

我索性依著樹幹坐了下來，望著上方的藍天白雲發呆，就像這個同類一樣，什麼也不做。

「好無聊，難道你不這麼覺得嗎?」

我看著上方擺動的枝葉，我仍不知道它是否在回應我，亦或者它根本沒有回應的能力；甚至理解語言的能力。

我站起身子，轉身將額葉貼在樹皮上，一手緩緩撫摸與我不同、選擇以堅硬木質當外皮的樹說：

「看來不一樣呢，雖然都是植物，但我跟你存在的目的，似乎不太一樣呢。我沒辦法什麼都不做，一動也不動地等待死亡，因為太無聊了所以辦不到。」

總覺得自己該做點什麼才好，但卻又不知道要做什麼，而感到不知所措。

但我就是得不到自己想要的答案。

03

「能替我取個名字嗎?」

有天，我坐在床緣，對著正在書桌前，動筆寫著什麼的父親這麼問到。

「名字嗎？」

父親長喃了一聲，身體深深地依在椅背上，接著說：

「妳可以自己決定。」

「要我自己決定嗎……」

我將食指底著下唇思考了起來，接著望向床頭上的相片說：

「照片中的女性，她叫什麼名字呢？」

「咦？」

父親有些驚訝地回頭過來，但我偏了偏頭看向他後，對方又恢復原本的樣子說：

「她叫亞果。」

「那麼，我就叫亞果吧。」

父親露出溫暖的笑容，並沒有對我的決定產生意見，回頭繼續在筆記本上寫下文字。

從一出生，我就具備識字的能力，也因此看書變成我唯一的消遣。位於這棟房子二樓，有個藏書量龐大的圖書館，數量多到或許能讓我打發掉幾年的時間。

而從那裡，我也看到父親寫過的手稿，並得知這個世界已經毀於人類的手中。

高度汙染讓人類自身毀滅，這裡是父親與名叫亞果的女性，共同打造出來的最後淨土。

但父親與亞果也因為污染的關係染上重病，不過手稿許多部分都被撕下了，所以我能得知的只有這些。

不過從現況看來，名叫亞果的女性，應該是已經因為重病而去世了吧。

至於關於我的任何事，則在父親所有的手稿上隻字未提。

不，或許那些被撕掉的部分，全都是關於我的事吧。

只是不明白，為何父親不想讓我看見。

但既然是父親決定的事，我也就毫無異議地接受了。

此刻父親正寫著的，就是我唯一沒看過的手稿。

我走向前，原本打算探頭稍微看一下，父親正寫著什麼。

但父親一發現我靠近，便將書本闔上。

我開口問：

「有什麼我能做的事情嗎？」

他只是溫柔地摸了摸我的頭說：

「什麼是妳能做的事情嗎……嗯，在房子門口正前方有棵大樹，繼續往那個方向走的話，會碰上一個下坡，這時妳應該會看到那裡有座果園。我已經好久沒去看那果園的情況了，假如有結出果實的話，請摘一些水果回來吧。」

頭頂被觸摸的感覺好奇妙……

非常的舒服，但奇怪的是，舒服的感覺並不是被接觸的頭頂，而是位於胸口那一個區塊。

父親用溫暖的笑容與我道別。

「知道了，我這就去。」

我走出房間後，輕輕地關上父親房間的木門，接著將自己的手放在頭頂上。

真是奇怪，自己碰觸頭頂，就不會有那樣的感覺。

雖然我一出生就具有不少的知識，但好像也充滿了缺陷。

不過即使充滿了求知慾，現在的我只想快點完成父親交代的事。

因為這樣就能得到獎勵，再次被父親摸頭了吧？

想到這裡我就覺得好開心，笑容無法克制地掛在臉上。

雖然我不需要吃任何東西，光靠陽光與水及空氣，就能維持生命，但父親不一樣。

父親每天都需要吃東西，他的食物都是裝在鐵罐裡的糊狀物，而鐵罐也僅剩不多了。

所以多摘一些水果回去，一定能得到獎賞的。

我抱著這樣的念頭，來到父親所說的下坡。

那個地方有排列整齊的果樹，周邊架有圍籬，上頭生長著攀藤植物。

走近一看，這些果樹是蘋果樹，上頭結著與掌心差不多大的紅色果實。

從高度看來，這些樹的年齡並沒有很大。

我只要稍微惦起腳尖，就可以拆下上頭的蘋果。

而周圍的攀藤植物，有一部分是番茄藤，有些則是葡萄藤，紅與紫點綴著植物圍籬。

到處都結滿了果實，我沒辦法一次摘回去。

以這個數量，或許來回好幾百趟都沒辦法摘完吧。

最後我三種水果都各摘了一些，直到雙手抱著都幾乎快掉下來的數量。

抱著這些水果，我滿心期待地回到父親的房間，他仍坐在書桌前寫著文字。

「父親，我帶水果回來了喔。」

我像是炫耀似地，微微抬高雙手中的水果。

但也因為這個動作，而不小心掉了幾個下來。

「真是太感謝妳了。」

父親轉頭看向我，這時他的眉頭卻皺了一下：

「摘這麼多，我沒辦法一次吃完呢。真沒辦法，妳也幫忙吃掉一些吧。」

「咦，我也可以吃嗎？」

「當然可以。雖然妳不需要吃東西也能生存，但也是能吃食物的，可以獲得額外的養分喔。」

我望著手中的水果發呆好一陣子。

父親偏了偏頭問：

「怎麼了嗎？難道說同樣身為植物的妳，對這些水果產生了同情？」

我搖了搖頭：

「它們和我不一樣，不會思考也不會說話，所以就算跟我一樣是植物，我也沒有特別的感覺。」

「那麼，妳在猶豫什麼呢？」

「只是在想，我是不是做錯事了呢？」

「為什麼這麼問？」

我望著赤裸的雙腳，愧疚的心情讓我縮起腳趾：

「因為摘了太多水果，造成父親的麻煩。」

父親有些無奈地騷了騷臉說：

「才沒有造成麻煩呢，我已經很久沒吃到水果了，所以非常感謝妳喔。」

我雀躍地看向父親問：

「真的嗎？」

父親笑著點了點頭。

「那麼，我可不可以要求獎勵呢？」

「妳要什麼獎勵呢？」

「可不可以再一次，摸摸我的頭呢？」

父親微微瞪大眼說：

「咦？」

一股害羞感湧出，我縮著身體說：

「被父親摸頭的感覺很好，雖然說不清楚那是什麼感覺，但就像不管被摸多少次都不會膩，非常開心的感覺……任何東西碰觸我的頭頂，我都不會有那樣的感覺，只有父親的手才會。」

雖然因為害羞，而不太敢看向父親的臉，但我還是悄悄的瞄了父親。

但父親卻一臉難以置信地望著我，隨後雙眼甚至滲出了淚水。

「父親？」

「不可以。」

聽到父親用有些沉重的語氣說了這句話，讓我抽了口氣。

父親撇過頭去：

「不可以，這個獎勵不可以，我以後也不會再這麼做了，對不起。」

我的胸口突然產生像是被扯動般的痛楚：

「……為什麼？」

父親握著筆的手加重力道，彷彿覺悟似地說：

「不為什麼，這對妳是好的，不這麼做對妳才是好的，對不起。我還有事情要忙，請妳先離開這裡吧。」

一股沉重的悲傷感突然壓在我身上，雙手的水果全掉落至地面。

我好討厭這種感覺。

04

從那天之後，父親對我態度變得非常冷淡，幾乎都不再跟我說話了。

我躺在自己誕生的房間，天色呈現火燒般的暗紅色。

我望著天空發呆，任由昆蟲攀至身體上。

大腦則不斷思考著，自己究竟為何要出生？

父親為何要將我創造出來呢？

自從父親對我冷淡之後，我才漸漸開始理解，所謂孤獨的感覺。

這種感覺真得非常難受、非常討厭，痛苦到想要從這個世界上消失一樣。

在我出生之前，失去愛人的父親，是不是就是因為受不了孤獨，而將我創造出來呢？

但如果是這樣，為什麼他要對我這麼冷淡呢？

好煩躁……想不到答案，真的好難過。

這時，突然傳來門開啟的氣壓聲響。

我猛然起身，父親坐在輪椅上的模樣出現在門口。

父親第一次親自來找我，讓我心跳不由自主地加快。

「亞果，有一件事情我想拜託妳。」

父親有事情需要我幫忙？

我終於可以被父親依賴了嗎？

「不管是什麼事，我一定會好好完成的！」

父親露出久違溫暖的笑容：

「等我再也沒辦法動、沒辦法說話的時候……」

他覺悟卻平靜地看著上方說：

「請妳將我跟這棟房子，包含我所有的東西，全都一起燒光吧。」

「欸？」

這時父親突然劇烈地咳起嗽來，我渾身發冷地只能在旁邊呆望。

過了好久，父親才終於緩和下來。

但當他緩緩放下手時，我看見的是滿是鮮血的手掌。

「妳也明白的吧……」

父親用已經印著濃厚黑眼圈的渙散眼神，看著我說：

「我已經沒有多少時間了，隨時都有可能離開。」

「但是要我連同這裡一起燒光也……」

「這裡已經沒有必要存在了。」

父親小心翼翼的將背依在輪椅上：

「建築物是人類才需要的東西，然而當我死去後，世界上就再也沒有人類了，任何與人類有關的東西都不需存在，人類一直都是大自然的害蟲，導致自身毀滅也是自作自受，應該要完全消失在這個世界上。」

「那麼……我又該何去何從呢？」

「妳是植物，該怎麼做應該由妳自己決定，不應該受人類的干擾。」

「那麼你又為什麼要將我創造出來呢？」

父親掛著血線的嘴角揚起：

「就是為了，讓妳可以替我完成這件事。」

我全身彷彿冰結似地無法動彈：

「就只因為如此嗎？」

父親緩緩閉上眼睛：

「是的，我不可以再創造一個人類，不然的話這樣就沒有意義了，所以創造的是身為植物的妳，對大自然沒有危害的植物。」

我視線空洞地望著地面：

「我知道了……如果這是父親最後的願望，也是我誕生的意義的話，我會替你完成這一切的……」

「謝謝妳，亞果。」

太陽幾乎就要消失在山頭，父親整理出了一些書及和文件，要我事先處理掉。裡頭包含在我誕生後，父親一直在撰寫著的手稿。

我來到父親所指定的山腳，這裡都是岩石，燃燒東西的話並不會有危險。

我將一份又一份的文件堆疊在一處，並點燃火柴丟入，將那些東西燃燒。

但不知怎麼地，父親一直在寫的手稿，我卻沒有決心將它丟入火坑。

『千萬不能看這些東西的內容，請妳一定要答應我。』

父親這麼交代過，可是……

偷偷留著，不讓父親發現就好了吧？

只要不看裡面的內容，也不算不遵守約定。

發自內心的一種直覺，覺得至少至少，要將這本手稿留下來。

我將這本書藏在衣服裡，打算回去的時候，再偷偷用一些土藏在我出生的那個房間。

回到家時，父親在門口等待著我回來。

一些些的罪惡感讓我有點緊張，但書是藏在背後，應該不會被發現的。

父親望著遠方直竄天際的黑煙，平靜地說：

「看來都處理掉了吧。」

「是的。」

我望著地面說：

「一個不留地都處理乾淨了。」

父親突然伸出手，拉了拉我的手指。

我順勢彎下腰來，這時父親將另一隻手放在我的頭上，非常溫柔地來回撫摸。

「謝謝妳，亞果。」

最後，父親的手就像斷了線的木偶一樣，從我的頭頂滑了下來。

「父親？」

抬頭看向父親，他雙眼緊閉，臉上掛著非常滿足的笑容，一動也不動。

我雙手捧起父親垂下的手，上頭感受不到人類的脈搏。

「父親，我不會忘記的喔。」

我直視著父親再也不會動起來的手說：

「你說過人類都很自私，所以你創造我的事情也好、冷漠我的事情也好、剛才要我做的事情也好，都是因為自私才這麼做的吧？」

我的雙手緩緩包覆住父親逐漸失去溫度的手，接著說：

「所以呢，我照著你說的做了喔，說要我身為一個植物的思想而活。人類因為自私而被大自然懲罰了吧，那麼站在大自然這邊的我，也給父親一個懲罰了喔……」

我的語氣越加哽咽，幾顆水滴也從臉頰滑落：

「那就是我剛才燒光的，根本不是你的文件，而是我一路撿拾的乾樹枝喔。」

身體開始因為強烈的悲傷而顫抖，為了忍住這樣的痛苦，我盡力縮起身體，額頭貼著包裹住父親手的雙手：

「你告訴我出生於何處，就歸屬於何處，那麼我不就有義務了解，自己到底是什麼，不是嗎？」

我再次頭抬看著陷入永眠的父親：

「所以我才不會燒呢，我才不會燒掉可能有關於自己事情的東西，不管是這棟房子、你的文件與手稿、還是你，我全都不可能會燒掉的。

我是植物，是會思考的植物，但我本質上真的是植物嗎？

身為植物的我很清楚喔，植物才不會照護下一代，所以植物才不會有什麼親情、什麼感情，但現在我究竟為什麼會哭呢？」

我拿出藏在衣服裡的父親的手稿：

「這本手稿裡面，一定有答案吧？對不起，父親，我是被人類以人類姿態創造出來的植物，所以就本質來說，我是人類吧？只是擁有著植物的構造，但我是人類，我有義務傳承人類的知識，有義務繼承人類的自私。」

我將手稿翻開閱讀：

「即使與大自然背道而馳，也在所不惜。」

06

培養第一日：

『我與亞果的時日所剩不多了，身體很清楚地告訴我這個事實，所以現在只能加快實行研究成果了。

必須一人操作、一人接受重生才行，由於亞果的狀況比我糟上許多，所以最後決定讓亞果先進行重生。

將大腦的記憶與知識等情報，寫在一顆種子的基因裡面，那種子是我與亞果長期研究的結晶，能夠成長成一個與人類構造接近的生物。

只要透過這個方式，就能像是將靈魂裝入這顆種子裡面，重生成一個健康、能夠活動的植物，在這個已經不適合人類生存的環境下繼續存活。

亞果將在重生之前暫時與我分開，但這只是暫時的。為了永恆的生命，這些犧牲是非常值得的。

由於時間很有限，研究存在一些風險，或許亞果的記憶會不完全，但我答應她，即使可能什麼都想不起來，我都會好好地栽培她。』

培養第三十日：

『亞果成長得很快速，雖然樣貌與原本的樣子相差許多，但我很清楚那個軀體裡裝著亞果的靈魂，只要有這點就足夠了。

不管亞果變成什麼樣子，我都仍會深愛著她。

我的內臟開始產生出血症狀，希望惡化的時間可以慢一些，至少讓亞果能夠在我活著的時候甦醒。

放心吧，亞果，在妳沉睡的時候我會好好地看著妳的。』

培養第一百二十日：

『亞果醒來了，身體非常健康，但還是發生了我一直很擔心的失敗——她不記得自己是誰了，也不記得我，擁有的知識也零零散散，幾乎沒有人類時期的記憶。

我好挫敗，但從她的眼神深處，我很明白，她就是亞果沒有錯。

至少她不會繼續承受病痛，這樣或許也算一種成功吧？

我也決定，自己不打算重生成植物繼續活下去。

因為記得愛著她的感覺，比什麼都還要重要。』

培養第一百二十五日：

『亞果她問了我，她被創造出來是為了什麼？

我能怎麼說呢？

我身體的狀態每況愈下，我很明白自己隨時都有可能離開，以現在的情況我不可能告訴她實情了。

我不能讓她想起來，因為現在進行重生已經太遲了，讓她想起一切只會因為我的死去而讓她感到悲傷。

與其這樣，不如讓她什麼都不知道，這樣才是最好的。』

培養第一百五十日：

『亞果今天要我幫她取個名字，我要對已經有名字的人取名子嗎？還是讓她自己決定吧。不過她後來對著有我與自己的照片，問自己是誰。當然我只能老實說了，但不是告訴她那就是妳，而是告訴她，那是亞果。她竟然說那就讓自己的名字叫亞果，其實讓我嚇了一跳，還以為她似乎想起了什麼呢。

但看見她那天真無知的眼神，才明白只是自己多心了。

不過她仍對自己的存在感到疑惑，原本打算讓她稍微有點事情做，但我非常後悔。

雖然她不記得人類時的記憶，但卻保有感情，亞果一直都喜歡我摸她的頭來獎勵她。

但我這個行為，似乎會讓她有回憶起記憶的風險，我不能繼續這麼做了。

她因為我不會再摸她的頭而感到很難過……對不起，亞果。』

培養第一百五十二日：

『為了貫徹自己的打算，我開始冷落亞果，雖然這麼做多少會傷害到她，但比起她想起我後，又馬上失去我的痛還要好多了吧？

今天我不斷咳血，感受到的溫度越來越低，我想應該差不多了吧，就是今天了，我今天會離開。

我得向亞果交代一些事情才行，讓亞果永遠不會想起我的計畫，完全貫徹的打算……連這本手記都再也不需要了。』

07

我將回收的資料攤開，仔細拼湊自己人類時期，所有擁有的知識與技術。關於種子的栽培，與基因寫入的方式等等，不管忘了多少、不管我之前學了多久、內容有多麼艱難，我絕對會再次學會。

人類是自私的生物，真的是這樣嗎？

真要說的話，即使成為了植物，我也很自私……

不，我想只要會思考、具有智慧的生物，都會變得人類口中所說的「自私」吧？

但自私究竟是什麼呢？

雖然自己想不起來了，但從他眼中看得出來，人類對自己的自私，充滿罪惡感。

但是自私也只是人類創造出來的詞罷了，自私也只適用於人類。

大自然根本不存在著自私這樣的說法，世界也不會因為人類做了什麼，而指著人類說你是自私的生物。

人類創造出許多東西，包含用來醜化自己的用詞，甚至將自己與自然做區隔。

但是，人類也是生物，也是被大地所孕育出的生物之一。

既然如此，說自己是世界的害蟲、說要讓自己完全從世界上消失，只是自身的彆扭罷了。

我擁有植物的身體，但我究竟是什麼？

我想，以我現在的行為，答案應該非常清楚了吧。

我是一名人類，即使擁有植物的身體……

我望著自己誕生的房間，裡頭躺著一名穿著白袍、陷入長眠的男性——

「就算你跟我一樣忘記了也好，我還是會讓你跟我一樣再次萌芽，就像你生前做的約定那樣，即使可能什麼都想不起來，我也會好好栽培。就算我連你的名字都還想不起來，但我只要還記得一件事情就足夠了……」

我一手支著窗面，印著自己半透明的臉龐上，滑下一顆水滴：

「我喜歡你。」

Episode Two

心靈密度 0.917

有一名男孩，非常喜歡吃冰品，因此他長大後的夢想，就是成為一名專門製作冰品的甜點師傅。

男孩為了追求夢想，年僅十五歲的他，就在有名的甜點師傅底下當學徒。

雖然其他甜點都做得非常好，師傅也時常誇獎他。但是，冰品卻一直做不好。

因為男孩只要是冰品都喜歡吃，所以是好是壞無法分辨。

可是男孩並沒有放棄，想製作出好吃冰品的夢想。

某天，他聽見了一個傳說——

「在開始下雪的冬季，覆蓋著冰帽的山最高處，那裡的冰最乾淨也最美味，只要使用那裡的冰就能做出好吃的冰品。」

十二月時，男孩準備了登山裝，獨自冒著寒冷的雪天，來到了一座山的山頂，他在那裡發現了非常奇特的冰。

一個手掌大小的人型冰雕，五官都刻得好像真實存在一樣，而且長相非常美麗，頭髮細節也雕得非常真實，背後還長著兩對蜻蜓薄翅般的翅膀。

冰雕的模樣就像是縮著身體，沉睡在雪地中似的。男孩的目光深深被冰雕給吸引，他第一次看見這麼美麗的東西，將它裝入攜式冷凍箱帶回了家，且避免融化將它藏在冷凍庫裡。

隔天，男孩打開冷凍庫時，那原本應該躺著的冰雕竟然變成坐姿，而且手上還拿著一顆櫻桃。

它的嘴巴張得大大地，就像是偷吃東西的小孩，準備咬下第一口食物之前被人抓個正著的模樣。

男孩愣在那裡說不出半句話，而冰也繼續保持著那個動作，眼睛睜得老大注視著男孩。漸漸地，好奇心勝過常理的男孩，舉起手來想碰觸冰的額頭，想看看對方會有什麼反應。

就在指尖快要碰觸到冰雕時，冰雕手上的櫻桃掉落了下來，接著猛然站起身子跑到冷凍庫的深處，半個身體都躲在雜物後方，用警戒的眼神看著男孩。

「我不想接觸會讓我融化的東西。」

冰雕說話了。它口中吐出的話語，就像水晶互相敲擊那般悅耳。

男孩抱著看見稀有動物，並想嘗試餵食的心態，拿起一旁落下的櫻桃，遞到冰的面前。冰緩緩接下了櫻桃，張開嘴巴咬了一口。

「好好吃。」

男孩發現冰雕是活著的，和人一樣，會思考、會說話。充滿好奇心的男孩，和冰雕說起話來。

冰雕告訴男孩，自己雖然是冰，但它是具有靈魂的冰。而身為冰的它，擁有個一直憧憬的希望——

「春天到來之前，我們總是會融化，所以一生中只見過低溫的顏色。溫暖會使我們死去，因此永遠見不到春天的色彩。所以我希望，可以看見春天的顏色，然後在最美麗的地方融化。」

「如果我讓你一直待在冰箱裡面的話，那麼到了春天你也不會融化。」

冰雕歪著頭，疑惑地問：

「冰箱？」

男孩指向冰身後，那不斷吹出低溫白色霧氣的開口說：

「你待的地方是一個叫冰箱的東西，無論是什麼季節，都可以讓這個空間保持零下溫度的電器。」

冰放下手中的櫻桃，上頭的缺口就像是被兔子咬過的齒痕。接著，它走向冰箱後方的開口，半舉雙手感受從裡面吹出來的溫度，白色的霧氣拂上冰那光滑透明的身體。

「人類……真是不可思議。」

那雙由冰製成的翅膀扇了幾下，雖然還不知道它能不能飛，可是方才振動的頻率，簡直和蜂鳥一樣快。

而那看似比紙張還要薄的翅膀，竟然連半點裂痕都沒有。冰振翅的反應，感覺像是貓咪遇到感興趣的事情時，會突然抖耳朵差不多的感覺。

「如果在這裡等待春天到來，我就能看到翠綠的大地，以及七彩的花海嗎？」

它所形容的景像，便是春天來臨時，大地重新恢復生命力的時刻。

「那是你的夢想，對吧？」

「夢想？」

「一生中最想達成的事，就像夢一樣美麗；也像夢一樣難以實現，那就是夢想。看見綠地與花海，就是你的夢想。」

冰露出了思考的表情：

「夢想……在美麗的地方融化，是我的夢想。」

冰那雙琉璃般的眼眸，注視著男孩問：

「那麼你的夢想是什麼呢？」

男孩也將自己的夢想——希望作出美味冰品的夢想告訴了冰。

冰對著男孩說，自己對冰再理解不過了，可以幫助男孩作出好吃的冰品。

可是相對地，男孩必須幫助冰度過春天來臨的溫度，然後讓它見見春天的模樣。

男孩答應了。

某處草原春天到來時，會開出非常美麗的花海。男孩決定，到時就帶冰到那裡去，看看春天美麗的樣子。

男孩將冰帶到師父的店裡，那裡的冰櫃是透明的，可以看到外面的景象。人們來來往往，帶著好友與愛人，到店裡買甜點。男孩辛苦學習及賣力的模樣，冰也看得一清二楚。

當男孩製作冰品時，總是會詢問冰的意見。冰嘗了各式各樣的水果與甜食後，告訴男孩該怎麼做。男孩照著冰的指示後，果然做出了令師傅刮目相看的作品。

而從冰的意見做出來的冰品，總是能成為店裡的熱門商品。冰則是繼續待在冰櫃裡，等待春天的到來……

三月，花開遍地。依照約定，男孩將冰雕裝入放滿冰塊的保溫箱，來到了花海。

將箱子的蓋子打開後，冰聞到了花香，因而探出頭來。

男孩對著冰說：

「這就是春天的模樣，很漂亮吧？」

冰望向前方的花海，不發一語。

「去吧，在最美麗的地方融化吧。」

冰拍動翅膀，飛了起來。但它卻沒有飛向花海，而是飛向了男孩的懷中。

冰就像抱著極為舒適的東西一樣，陶醉地貼在男孩的胸前，這麼說道：

「我只看得見溫度的色彩，看不見光的顏色。而人類的內心，是我看過最美的畫面了。勝過春天的溫暖、勝過花朵、勝過一切。」

男孩聽到這些話後，將冰緊緊捧入懷中，讓它在最美麗的地方融化。

Episode Three

Nobody's home

睜開眼簾，眼前的色彩逐漸聚焦。

就像從夢中醒來，並馬上忘記夢的內容，想不起此刻之前的一切記憶。

等到回過神來，才發現自己依著一塊大石頭，坐在一座森林內。

寒帶才會生長的針葉樹，長得又粗又高。

數量多得感覺要側著身體，才能鑽過兩棵樹之間的縫隙。

仰頭一看，陽光被枝葉切成光針，朦朧地灑進了森林。

我身處的位置，是茂盛森林裡的一小塊空地。

或許是背後的大石頭阻礙了樹木的生長，所以這裡空了一部分。

我稍微挪動了身子，潔白的連身裙就算在地上磨擦，也沾不上一點泥土。

地上長出的小草就像絲綢一樣溫柔，讓我感覺像坐在雲上一樣舒服。

除了這些之外，有許多厚重的書籍散落在四周。

還有就像洩了氣的時鐘，癱軟在地上、掛在樹枝上、書上或大石頭上。

但即便成了那種扭曲的形狀，上頭的秒針仍持續移動。

雖然不知道自己為什麼在這裡，我甚至不知道自己是誰、長什麼樣子、叫什麼名字？

但我卻有唯一的念頭：

「必須回家才行。」

為什麼要回家、我家在哪裡、有誰在等我？

這些也都不知道的自己，卻仍想著要回家。

我站起身子，看了看周圍。

發現以此為起點，左右有兩條路。

左邊的那條因為兩旁樹的枝葉較稀疏的關係，因此非常明亮。

右邊那條則因為樹木生長茂盛，所以較為陰沉。

我毫不猶豫地朝左邊那條路走去。

但此刻，手腕被一隻柔軟的手給牽住了。

回頭一看，是一名服裝、身高和我相同的小女孩。

她對我露出笑容，對著我說：

「我們來玩吧。」

我皺起眉頭，回應：

「我沒時間玩了，要趕快回家才可以。」

她歪了歪頭問：

「家？」

我不安地望著這片森林說：

「我好像在這裡迷路了。」

「妳沒有迷路呀。妳剛才說的家是什麼呢？」

「……就是休息和遮風避雨的地方，人就是要住在家裡，妳怎麼可能不知道呢？」

她食指貼著下唇，思考著說：

「那是怎樣的一個地方呢？」

怎樣的一個地方……

隱隱約約記得大概的樣子。

「長方形的空間、屋頂是三角型的，有兩個樓層加上一個閣樓，有我的房間，有吃飯的餐廳和洗澡的浴室……」

她雙眼瞪得圓滾滾地說：

「妳住在那個地方嗎？」

「那當然了，難道妳不是嗎？」

對方露出大大的笑容，張開雙手，身體轉了兩、三圈後說：

「真要說起來的話，這裡就是我的家呀。為什麼要把自己關在那樣的空間裡呢？」

「不、不那樣的話，難道要四處流浪嗎？下雨的話該怎麼辦？睡覺的時候沒有柔軟的床，也沒有地方可以洗澡……」

女孩突然躺了下來，就算穿著潔白的連身裙，還是將身體呈大字型躺在草地上。

「這裡有柔軟的草地，有乾淨的湖水，還可以四處遊玩，用不著執著那種地方嘛。」

我縮起身子，雖然不知道是從哪裡來的野孩子，但沒有家這種事情，我還是沒辦法想像那會是怎樣的生活。

「不、不管妳怎麼說，我還是得回家，爸爸媽媽一定很擔心地在等我回去。」

她抬起上半身，偏著頭問：

「那麼妳知道回家的路嗎？」

「我不清楚……但總覺得只要離開這片森林，就一定可以回到家的。」

「是嘛。」

「我、我走了。」

我朝著光線充足的那條路走去。

但後方的女孩又叫住了我：

「越往高處樹木越稀疏唷。」

我回頭看向對方，她指著另一條陰沉的路說：

「走這邊吧！」

我皺起眉頭搖頭：

「我才不要，那裡看起來又暗又可怕，或許會出現什麼東西也說不定。況且往高處走的話，也可以俯瞰森林，然後找出離開這裡的路吧，所以我絕對要走這裡！」

女孩食指撐著下巴，望著斜上方道：

「唔……好吧。」

我轉身繼續走下去，而那名女孩也跟了上來。

過了一會兒，我發現一旁有個樹樁。

樹樁上頭還刻著「1」的數字。

「這是什麼？」

我疑惑地問了一句後，女孩笑著回答：

「這是很重要的東西喔，必須時時刻刻記住的數字喔，不久之後就會到達『2』了，接下來是『3』。」

「就算妳說要記住……但之後也會經過接下來的數字，那麼有記住的必要嗎？」

「唔……可是不記住的話，會很可惜的。」

「我才不要花精力去注意呢，我現在只想回家！」

我繼續往前方走去。

女孩果然又跟了上來，著急地說：

「等一等嘛，走這麼快很可惜的喔！」

「又是哪裡可惜了嘛！」

女孩雙手擺在腰後，把每步步伐都採得更仔細一些：

「很舒服喔，這裡的草皮非常舒服喔。」

接著她又深吸了一口氣：

「這裡的空氣很甜喔，真的很甜呢！」

隨後她又將手放在眉毛上：

「妳看，這裡的風景很漂亮耶！有五彩繽紛的蝴蝶，仔細觀察的話，會發現稀有的花朵喔！」

最後，她雙手捧著耳朵：

「聽聽看，小鳥們的歌聲，很棒對吧？」

「我才沒時間管那些呢，我要回家！」

我加快了腳步。

「唔……」

女孩也跟著我的速度追了上來。

又過了一會兒，眼前的道路讓我停下了腳步。

旁邊又有個樹樁，上頭刻的數字是「6」。

而前方的道路從草皮變成了石子路。

女孩露出了傷心的模樣說：

「都因為妳走得這麼快，都忽略其他數字了。」

我聳了聳肩：

「又有什麼關係，能走越快越好不是嗎，我只想快點到家。」

我走上石子路，但從腳底板傳來的不適感，才讓我驚覺自己並沒有穿鞋子。

女孩又抓住了我的手腕，接著另一隻手指著道路以外的森林說：

「走在石頭上不舒服吧，那麼我們從森林裡面走吧！」

「要是迷路的話該怎麼辦呢？」

我抽回了手，忍著痛繼續走下去：

「我已經在森林裡迷路了，又不知道大路該怎走的話，只會變得更糟糕！」

我聽見女孩嘆了口氣的聲音，但她還是跟上來了。

而我也發現，她跟我一樣沒有穿鞋子。

但卻因為我的決定而跟了上來。

我好奇地問了一句：

「為什麼總是跟著我呢？」

女孩露出了理所當然的表情：

「因為不跟不行嘛！」

雖然一頭霧水，但我並沒有追問下去，也沒有趕她走的打算。

或許是因為，我也希望現在有個人陪著我吧。

只剩下自己一個人迷路在這森林裡，一定會非常可怕。

走著走著，樹樁上刻的數字也來到了「12」。

石子路斷了。

取而代之的是一條很寬的河流。

「我們！」

女孩邊用激昂的口氣，邊把衣服脫了下來。

「妳、妳要做什麼啊？」

她將連身裙脫下後，興奮地說：

「游泳過去吧！」

「游……不，不可能的，絕對游不過去的！」

「為什麼呀？這條河很安全的，妳看，水面也很平靜呢。」

我猛搖頭地拒絕：

「不行不行，太危險了，一定要搭船過去！」

女孩偏著頭說：

「可是這裡沒有船呀？」

「那就造一艘，自己造一艘！去收集木材，然後把較韌的樹皮搓成繩，變成用來綑綁船體的繩索。」

「唔……真的不直接游過去嗎？」

「不行！別在發牢騷了，快點去找木材。」

我和她分成兩路，收集森林裡的木材。

我將堅固的粗木做為船身，然後仔細地將它們牢牢綑住。

繩索是花了很久的時間，用韌木的樹藤編織成的。

完成的時候，天已經暗了下來。

「好了，我們來過河吧。」

我將船推到水面上，這時才發現，河裡非常地清澈且平靜，水的高度也到大腿中段而已。

當我乘上自製的木船時，卻因為忽略了自身的重量而解體了。

我摔入水中，全身都濕透了。

站在岸邊看著這一切的女孩，垮下肩膀說：

「早知道這樣，就說游泳過去了。」

「少囉嗦！」

我臉頰發熱，將手上的船槳丟給了她說：

「我知道了啦，但還是不可以游泳過去，把槳當支撐過河吧！」

當我和女孩來到對岸的時候，我才發現經過一整天的勞力，肚子餓壞了。

「看來我們必須在這裡過夜了。」

正當我努力地扭乾衣服時，女孩蹲在樹的另一側，似乎在摘什麼東西。

「妳看妳看，有好多香菇呢！」

她抱著一大堆的菇類跑了過來：

「肚子應該餓了吧，我們生火煮這些香菇吧！」

我對著她斥責：

「不可以！」

「為什麼不行？」

「野外的菇類不能亂吃的，要是中毒的話該怎麼辦呢！」

「我知道的喔，這些是舞茸，可以吃的。」

「要是小心看錯的話怎麼辦，若是真的中毒的話，在這樣的森林裡面可沒有人來救我們了，必須找絕對安全的食物才行。」

我從地上撿了根樹枝，接著撕下衣服的一角。
仔細分出布料的線後，綁在樹枝的頂端上。
「我們來釣魚吧，我來找找看有沒有能當餌的東西。」
我開始用手挖掘草地。
「在這冰涼濕潤的土底下，一定會有蚯蚓的。」
「唔……好吧。」
女孩放下了手上的菇類，也和我一起挖掘起來。
可是，不管我挖得多深，就是找不到半隻蚯蚓。
因為衣服濕掉的關係，都沾上了泥土。
天色終於暗到我根本看不見東西的地步，我放棄了。
我爬出自己挖出的坑洞，依著一旁的樹幹上，累得睡著了。
可是我感覺睡沒有多久，就被女孩興奮的叫聲給吵醒：
「快看看，好漂亮呢！」
我睜開惺忪的眼睛，天色還是暗的，但高掛的滿月，讓我還能勉強看見景物。
我疲憊地抱怨：
「什麼東西嘛。」
「星星，好多星星喔！」

「妳把我叫醒只為了看星星而已嗎？」

「不看會很可惜的！」

我背著她躺了下來：

「夜晚又不是只有一次，星星什麼時候看都可以，我只想好好休息，明天繼續找回家的路……」

強烈的疲勞感，很快就再次將我的意識帶入夢鄉。

隔日一早，我並不是被少女給吵醒的。

而是被食物的香味給喚醒的。

當我睜開眼睛的時候，面前擺放著一片大葉子，葉子上擺放煮熟的菇類。

我坐起身子，少女則坐在河邊，雙腳很有規律地拍打著水面。

她身上的白色連身裙沾滿泥土，相對地我也是。

因為昨天為了挖魚餌，而弄髒了身體。

就在我盯著她背影看時，對方突然對著我說：

「肚子餓了就快吃吧，我已經吃過了，現在好得不得了呢，所以真的不用擔心有毒喔！」

強烈的飢餓感，讓我沒辦法控制拿起食物的衝動，只好順著慾望將香菇吃了下去。

「……好好吃。」

我低聲喃了一句後，發現身旁有個樹樁，上頭的數字是「15」。

填飽了肚子以後，我繼續朝著道路走下去。

少女仍理所當然地跟了上來。

刻有「15」樹樁之後的道路，給我一種很沉重的壓迫感。

道路下方的石子變得更銳利，我必須咬緊牙關，才能往前踏出下一步。

樹木比之前更加高大、更加茂盛，能滲進來的陽光也變得稀疏。

身上的泥土乾掉之後，也變得很沉重，讓我的體力消耗得非常快。

最後，我走不動了，想稍微休息一下。

此刻發現有棵大樹下，有個能夠容得下我和女孩的樹洞。

我把那裡當作暫時的休息處。

即便我對現在的處境感到非常不安，甚至恐慌，但我旁邊的女孩卻仍嶄露活力，對一切都感到有趣。

她研究動物吃剩的果子。

將剛才抓到的甲蟲，用樹枝在地上重新畫出來。

她為什麼要做這些事情？

做了這些又對她有什麼好處？

她的家在哪裡？

在這個地方，她不會感到害怕嗎？

好多我無法理解的問題不斷出現，但不管怎麼樣，我只知道她好像很快樂。

而那是我無法理解，或是說我無法去嘗試的快樂。

因為我，只想回家。

就在我呆望著，不斷在樹洞外玩耍的女孩一陣子時，天色忽然暗了下來。

接著，下起了大雨。

女孩停下手邊的一切事物，抬頭仰望著天空，任由雨水淋在自己身上。

「妳在幹什麼，快點進來躲雨，要是感冒的話怎麼辦？」

「為什麼呢？」

「欸？」

「為什麼要『躲』呢？」

「身體會淋濕的呀！」

「但是呀……」

她轉身過來對著我笑，接著撩起裙子的兩角：

「這樣不是洗乾淨了嘛？妳也快點出來吧，把身上的泥巴通通洗乾淨吧！」

「我、我才不要那樣呢。」

我繼續躲在樹洞裡，看著外頭的女孩在雨中打轉。

發著呆，又不小心睡著了。

當我醒來的時候，外頭的雨停了，我繼續朝著道路前方走。

過了一會兒，我又遇上了一個岔路。

而在岔路口，樹樁上刻著「18」的數字。

右邊的路是草地，左邊的路是鋪得整齊的石磚路。

一直跟在我身後的女孩，此刻走到我的面前問：

「妳知道妳說的家，在哪個方向嗎？」

我毫不猶豫地望向石磚路說：

「這邊。」

「咦？為什麼呢？」

「因為這裡的路被鋪得很整齊，一定是常常有人走的路，所以一定是這邊了！」

女孩則看向右邊的草皮路說：

「可是這條路看起來，能走得比較舒服呢，因為我們又沒有穿鞋子。」

「那裡一定是回到森林裡的路啦，所以我要走左邊。」

我踏上鋪平了的石磚路，繼續走下去。

雖然還是很堅硬，但至少比起不平整、又尖銳的石子路好多了。
而不知道為什麼，走上石磚路之後，女孩變得非常安靜。
不再對事物抱有好奇，只是安安份份地跟著我走。
也或許是，這條路上沒有東西能讓她感興趣了。
由造路人所決定，為了方便行走，而非常平坦且沒有起伏和彎曲。
這完全筆直的道路，讓女孩毫不感興趣。
兩旁的樹木似乎有人在管理，生長得非常整齊，且沒有任何雜草。
甚至，也沒有昆蟲和動物。
這樣的路，完全激不起女孩的好奇心。
但是，我卻感到非常安心。
因為這樣的環境，就代表離有人的地方不遠了。
就算無趣、毫無變化、充滿秩序和規則，這些都無所謂，我只要知道自己快要到家就好了。
但我錯了。
這條路的盡頭是一片竹林，高大的竹子就像一堵牆一樣，阻斷了我的去路。
而竹林和石磚路的交接處一隅，又有一個樹樁。
上頭刻的數字是「25」。

我無力地癱坐了下來：

「該怎麼辦，沒辦法繼續前進了……」

本來一直沉默的女孩，此刻終於開口說話：

「為什麼呢？只要爬上去的話，就能繼續前進啦？」

「爬上去什麼的……這些竹子那麼高，我絕對爬不上去的。而且真的爬上去，要是摔下來的話該怎麼辦？」

我失落地低垂著頭，背向竹林說：

「沒辦法了，只好回頭，換走草地路好了。」

「不行的喔。」

我怔了一下，因為少女的聲音變得好冰冷。抬頭一看，才驚覺為什麼她會說不行了。後方我一路走過來的道路，變成了斷崖。

我瞪大著眼，顫抖地說：

「這到底是……怎麼回事？」

「不可能回去了，就算再怎麼希望，也不可能回去了。」

女孩露出了苦笑：

「畢竟，這是不可能重來的事嘛！」

不可能重來……

這是什麼意思……

「來吧。」

女孩走向前，攀上了竹子：

「我們爬過去吧！」

有點動搖的我，準備跟著她一起爬過竹林時，一旁傳來了陌生人的聲音：

「不要做那麼危險的事情。」

往聲音傳來的方向一看，是一位老爺爺。

他手上拿著一把斧頭，對著我說：

「腳踏實地吧，只有這樣最安全了。」

接著，他把斧頭遞給了我：

「這把斧頭給妳，把竹子一一砍倒，慢慢開出一條路吧。」

我接下了斧頭，往女孩的方向看去。

她皺起眉頭，對著我搖了搖頭：

「沒有必要喔，真的沒有必要喔，多花這麼多力氣和時間……真的，沒有必要。」

「可是，只有這樣最安全了吧。」

我不聽女孩的提議爬過竹林，反而聽了陌生的老爺爺的話，將竹子一一砍倒，替自己開一條路出來。

雖然一開始很笨拙，砍得很慢又容易累，甚至有時候砍的方向不對，而讓竹子往自己的方向砸過來。

但久了以後，我習慣了。

習慣揮砍斧頭，對砍伐的角度非常熟悉。

我越砍越快，路也開得越快。

最後，我砍通了。

我開通這一片竹林了。

但是在竹林之後，是更加茂盛的樹林。

茂盛得就像夜晚一般的樹林。

冷冽、陰森、恐怖、未知。

而在竹林和樹林的交接處的樹樁上，刻的數字是「30」。

但不管怎麼樣，我還是得繼續走下去。

沒錯，為了回家，我只能繼續走了。

我往樹林的方向走去時，女孩發出了悲傷的聲音：

「對不起。」

我疑惑地回頭一看，女孩和我有一段距離。

一般來說，只要我往前走，她都會緊緊跟上來的。

可是現在，她卻一直待在刻有「30」數字的樹椿後方，站著不動。

「對不起，我不能走下去了。」

我皺著眉頭，一頭霧水地問：

「為什麼？」

她抓著裙子，不捨地說：

「我不能過去那裡，對不起。我們，必須在這裡分離了。」

「怎麼這樣……那樣的路，我要一個人走嗎……」

「對不起。」

我放下了斧頭，看著雙手上的厚繭，都是揮砍無數次所造成的。

看著這樣的手，我不能因為前方很黑暗，且必須一個人就停下腳步。

不然的話，之前所做的一切就白費了。

一定沒問題的，都走到這裡來了。

一定……就快到家了。

「雖然不知道為什麼，妳不能繼續跟著我。但我不會停下來的，謝謝妳一直陪我走到現在。」

我抬起頭說：

「謝謝妳……」

我止住話語。

樹椿後方成了斷崖。

連同一直跟著我的女孩，也消失了。

忽然，一股恐懼感逐漸湧出。

我好像，錯失了什麼重要的東西。

這種感覺化為恐懼，逐漸增強。

為了平緩這樣的不安，我轉身朝著那昏暗的樹林，繼續走了下去。

在這個樹林裡，根本分不清是白天還是黑夜。

因為不管過了多久，都一樣的黑暗。

除了樹和腳下的道路以外，我看不見任何東西。

我一直、一直、一直，不間斷地走下去。

樹椿上的數字來到了「40」，眼前的景象仍沒有改變，我開始懷念起柔軟的草皮、繽紛的蝴蝶、小鳥的歌聲以及滿天的星空。

我繼續走下去，經過了「50」的樹椿，我覺得口渴，我開始後悔，為何當初沒有和女孩一起游泳，或是離開樹洞，多多享受水的滋潤呢？

經過「60」的樹樁，我餓了，懷念起女孩懷中的菇類，那煮得又香又甜的舞茸。

經過「70」的樹樁，我累了，我想爬上樹梢看一看，自己究竟身在何處，但早已沒了那種體力。

經過「80」的樹樁後，我不時回頭看一看，看看能不能再看見，那個充滿笑容、活潑且好奇的女孩。

到了「90」的樹樁，我開始注意每一次經過的樹樁。

因為我覺得，自己就快走不動了。

自己究竟還可以看見多少個樹樁呢？

我開始覺得恐慌。

走了這麼久、這麼長的路，我為什麼，仍到不了家呢？

最後，在「99」的樹樁過後，我在樹林深處看見了熟悉的建築物。

兩層樓高，長方形的、有三角形的屋頂。

那裡，是我的家。

我欣喜若狂地跑了進去，但裡頭的景物卻不是我所預期的。

本該燈火通明的客廳，一片黑暗。

本該有爸爸坐著的沙發上，空無一人。

本該有媽媽在做菜的廚房，蓋滿了灰塵。

我不知所措，這裡就是我一直追求的「家」嗎？

一直憧憬的「歸所」？

犧牲掉玩耍的時間、與女孩相處的時間、走過艱辛道路的過程，所得到的結果嗎？

為什麼呢？

這裡確實是我的家呀！

我著急地跑上跑下。

有客廳、有廚房、有浴室、有房間，什麼都有。

可是，為什麼呢？

為什麼，我卻覺得失去了所有東西？

我究竟為了什麼而努力？

我到底是誰？

我拖著疲乏的身體來到了浴室，望著蓋上一層灰的鏡子，什麼也看不見。

我抹掉一些灰塵，從鏡中看見了熟悉的面孔。

那是在經過「30」的樹椿之後，再也沒見過的面孔。

……不。

這就是我。

那個女孩，就是被我浪費掉的自己。

那個對什麼都感興趣的自己。

對什麼都充滿好奇的自己。

我為了追求什麼都有的「歸所」，而完全不去重視的那個自己。

我最後得到了什麼？

我得到了，我確實得到了一直想得到的東西。

得到了什麼設備都有的家，但相對地什麼都沒有的家。

為了追求什麼都有的小空間，而忽略了萬物俱全的無邊無際。

與其睡在這孤單的床上，我還比較喜歡柔軟的草地。

就算打開水龍頭就有水，但河水和雨水更是取之不盡不是嗎？

冰箱裡有冷凍食品，可是野菇更加甜美呢。

這個家很大，可是再怎麼大也比不上外面的大呀。

電視很好看，可是再怎麼逼真，還是沒辦法變成現實。

地毯很柔軟，但仍比不上扎根在土裡的小草。

我好想再踩踩看，真正的草地。

我好想再聽聽看，真正的鳥鳴。

我好想再聞聞看，花兒的香氣。
我好想試著爬爬看竹子……
好想走走看不一樣的路……
好想……
好想再一次跟妳在一起。
雖然不知道妳叫什麼名字。
但不可能了。
畢竟妳也說過的，這是不可能重來一次的事嘛。
說什麼對不起，不能繼續跟我走下去。
要說對不起的人是我。
我一直沒有傾聽過妳的話、正視妳的願望。
到最後，我只能不斷對著，不知道消失在何處的妳說：
「對不起。」

＊

鬧鐘聲吵醒了我，我惺忪地睜開了眼睛。

從床上走下來，換下做為睡衣的白色連身裙。

接著將長髮梳順，刷完牙後穿上了高中制服。

掛在衣櫃上的日曆，圈著今天15歲的生日。

我伸手觸摸日曆的同時，眼前的景像頓時改變。

刻著「15」的樹樁立在我面前。

而坐在上頭的，是一名穿著白色連身裙，沒有穿鞋子的小女孩。

「我們來玩吧！」

她從樹樁上跳了下來，牽起了我的手腕。

我望了望四周的樹林，對著女孩笑著說：

「嗯，我們來玩！」

女孩拉著我，走到一個岔路口。

左邊是石子路，右邊則是石磚路。

她對著我問：

「那麼，要走哪一條呢？」

我望向沒穿鞋子的雙腳，接著回答：

「我們從森林裡面走吧。」

Episode Four

哀莫心死

在這個世界的某個角落，有一座美麗的森林。

一群蜜蜂採集花蜜效忠女王，也替植物授粉以永續森林。

有天一隻毒蛇咬死了蜂王，毒蛇告訴蜜蜂，自己擁有強大的武器，以及能殺死任何生物的毒液，能保護你們與這座森林，從今天開始必須效忠於我。

失去女王的蜜蜂害怕沒了生活的目標，因此效忠起了毒蛇。

毒蛇說，在我的統治下你們很自由，只要努力工作，就可以擁有自由的思想。

蜜蜂受到毒蛇的話所激勵，因為在女王統治的時候，從來沒被給予過自由。

此時毒蛇給了他們自由思想的權利，讓蜜蜂更加喜歡上這位新的領導者。

蜜蜂暢談著自由主義，一生工作直到永遠。

後來有些蜜蜂發現，只要離開原本受毒蛇統治的森林，到別的花園去創建新的家園，就能得到真正的自由。

毒蛇知道蜜蜂可能逃離自己的統治，正煩惱的時候，一群蜘蛛找上門來。

蜘蛛知道毒蛇正努力想保護這片森林，牠們也想盡一份心力。

蜘蛛說，他會在森林的出口織滿絲網，這樣就可以預防外敵入侵。

毒蛇很開心地答應了蜘蛛的主意，沒多久森林的出口就佈滿了蜘蛛絲，形成堅固的城牆。

每當蜜蜂想飛離森林時，都會被那些絲給捕獲，成了蜘蛛的食物。

蜘蛛壟斷了自由，而在旁邊的角落，這些惡行被一隻蝗蟲給看見了。

那隻蝗蟲秉持著正義的心情，將一切告訴了森林中所有的蝗蟲。

而蝗蟲也以自身的傳遞能力，將這件事散播給所有森林中的生物。

當蜜蜂得知自己家人被蜘蛛給吃掉後，向統治者毒蛇訴苦。

但毒蛇說，蜘蛛是為了保護這片森林，才會在出口織滿絲線。

如果一些蜜蜂因為想離開森林而被捕食，毒蛇覺得很遺憾，但這是必要的犧牲，為了全蜜蜂的安全。

蜜蜂無法離開森林，植物的繁衍越來越快速。

食用植物的小動物成長也越來越快，毒蛇的食物也就越來越肥美。

蝗蟲也發現，因為蜘蛛和毒蛇的這些行為，讓自己的食物變得更加取之不盡，便開始散播蜘蛛與毒蛇的好。

很快地，毒蛇也發現了蝗蟲的散播能力，開始收買蝗蟲。

毒蛇告訴蝗蟲，牠的食物是你們的天敵，只要告訴森林所有生物，我是最完美的君主，就可以保護你們不受天敵攻擊。

蝗蟲們很快就答應了。

但這卻惹火了鴿子與烏鴉，因為他們的食物被毒蛇給保護。

毒蛇漸漸發現自己掌握了一切，牠拜訪了地鼠。

地鼠看見毒蛇非常開心且崇拜，因為毒蛇的政策，讓牠擁有取之不盡的植物的根。

毒蛇告訴地鼠，將來會讓蜘蛛編織更多的網，讓植物的根更加肥美。

唯一的條件就是，必須從地底下抓出蚯蚓，用來餵食鴿子與烏鴉。

隨後，毒蛇又告訴鴿子與烏鴉，只要在天空上，觀察森林中所有生物的一舉一動，毒蛇就以蚯蚓當作獎勵。

鴿子與烏鴉都同意了。

結果因為鴿子與烏鴉的眼線，毒蛇統治了整座森林。

有一天，森林出現了一隻蠍子，蠍子將一隻蜜蜂給螫死了。

其它蜜蜂很傷心地找了毒蛇，要牠能給予蠍子懲罰。

蠍子告訴毒蛇，他只是在覓食，況且毒蛇不也是毒死獵物後再進食的嗎？

毒蛇理解了蠍子，認為蠍子並沒有錯。

但蜜蜂並不接受，毒蛇應該要保護的是蜜蜂，而不是蠍子。

因為蜜蜂辛勞工作，都是為了侍奉毒蛇。

毒蛇陷入了兩難的局面，遲遲無法對於蠍子做出審判。

蜜蜂氣不過而找蝗蟲訴苦，要蝗蟲將蠍子的惡行告訴森林中的所有生物。

然而蝗蟲告訴了毒蛇，那些蜜蜂的憤怒。

毒蛇明白到，蜜蜂需要一個洩憤的對象，因此找了善良的蝴蝶。

善良的蝴蝶替蠍子說話，蠍子只是為了活下去，在森林裡的生物不都是如此嗎？

為了森林的多樣性，應該要讓蠍子繼續存活。

接著，為了撫平蜜蜂的憤怒，毒蛇要蝗蟲將罪狀推到螃蟹身上。

蠍子在這座森林只有唯一的一隻，但螃蟹卻有好幾隻。

因此螃蟹死了幾隻，並不會對森林的生態造成問題。

蝗蟲說，毒蛇會管制蠍子的行動，要蜜蜂不需要擔心。

而要擔心的則是螃蟹；因為螃蟹和蠍子一樣，擁有甲殼和雙鉗，他們也可能會殺死蜜蜂。

蜜蜂開始汙辱、欺凌螃蟹，將蠍子的惡行全推到螃蟹身上。

然而也因為蝗蟲的散播能力，全森林的物種都開始討厭螃蟹。

無辜的螃蟹只能躲在自掘的小洞中孤獨而死，沒有人替他們說話。

不過盤旋在天空的鴿子看到了這一切。

擁有正義感的鴿子，指責毒蛇怎麼可以做出這種事情。

毒蛇因為鴿子的話語，感到非常不開心。

烏鴉擔心鴿子的行為，會把自己拖下水，害得往後的日子沒有蚯蚓可吃。

因此告訴毒蛇說，為了維持森林的秩序，這些事情絕對不可以被蜜蜂知道。
一旦蜜蜂不想工作，森林就會枯萎，所有物種都會完蛋。
毒蛇認為烏鴉說得非常有道理，為了封住鴿子的口，毒蛇將鴿子給吃了。
就這樣毒蛇依然統治著整座森林，蝗蟲繼續散播毒蛇的偉大。
蜘蛛繼續織出更多補食蜜蜂的絲網，殺死蜜蜂的蠍子仍安然地活著。
螃蟹無辜地受到排擠，而烏鴉繼續接受毒蛇的恩惠監視著森林。
蜜蜂卻完全忘記了，自己體內擁有一根，能夠推翻一切的毒針。
牠們仍沉淪在自己是弱者、必須讓人支配、渴望受保護的夢境之中。

Episode Five

絢麗的影子

01

我哥哥是一名攝影師，不過他是個奇怪的人，每次拍的東西都和別人不一樣，我實在很少看懂他那台看起來很昂貴的單眼相機裡面，捕捉到的畫面到底訴說著什麼樣的故事？

但在攝影界裡，哥哥似乎佔有一席之地，而且作品也經常在各種知名雜誌封面上出現。但我一直無法了解他作品的涵義，說難看也不是；說漂亮也不是，而且我始終不知道那種畫面是從哪裡拍來的。

我會這麼覺得，大概是因為我是個神經比較大條的人吧。每當我看見知名的藝術畫時，我的感想就只是「不過是一幅畫而已嘛」。若盯著同一幅畫超過兩分鐘，我就會開始打呵欠。

但我和哥哥的感情並不算太差，雖然我是個懶散又愛耍嘴皮子的妹妹，卻從小到大都和哥哥處得很好。就連父母都拿我這個女兒沒有辦法，哥哥還是很照顧我，甚至容忍我的態度。

我覺得最主要的原因，還是因為哥哥那種彷彿浮雲般輕飄飄又溫柔的個性吧，總覺得如果有個強盜把哥哥心愛的相機給搶走了，他大概只會騷騷臉苦笑說

「哎呀，真是倒楣」，我哥哥就是那樣的人。

哥哥高中是美術班的學生，大學也是從藝術系畢業的。或許是因為哥哥的關係，所以我才會有「讀藝術的人都是怪胎」的刻板印象吧。

我的個性可以說和他完全相反，大家都說我很沒有女性的矜持，總像個太妹似的。這種形容詞聽在我耳裡其實滿刺耳的，我只不過是不喜歡綁手綁腳的生活而已，也沒有真的像混混一樣到處做壞事打架。

到後來我也麻痺了，反正只要不給人添麻煩，我就會做自己想做的事情。其實這點倒是和哥哥滿像的，他也是只喜歡做自己想做的事情，但他所做的一切卻令人刮目相看。

哥哥從小就很會繪畫，從素描到彩畫都很厲害，我經常無聊的時候都會跟著哥哥到外面取景，在旁邊看他將白紙變成一幅多采多姿的畫面倒是挺有趣的。不過他每次取景的地方都是再平凡不過的。例如人來人往的街道、陸橋、河堤等等隨處可見的平凡景物。

但他每次畫出來的，都和我所看到的完全不一樣。他只是看著人來人往平凡的街道，就能畫出到處都是貓咪的可愛城市；看著無趣的陸橋，卻能畫成開滿七彩花朵、彷彿另一個次元的陸橋；看著有點骯髒的河堤，卻能畫成彩虹河水的夢幻景色。

雖然很厲害，但看在我眼裡，總是覺得「哥哥果然是個外星人哪！」哥哥眼睛的構造或許和一般人不一樣，所以才能描繪出如此天馬行空的畫面吧。其實我一直很好奇，我看見的顏色在哥哥眼裡，真的是相同的嗎？那雙烏黑的眼眸裡面到底裝著什麼樣的東西呢？我好幾次都盯著哥哥的眼睛看，腦海裡想著這樣的問題，卻總是在入神時被他捏了臉頰。最後哥哥愛上了攝影，所以現在很少看見他畫畫了。其實說實在的，比起他的攝影作品，我更愛那些天馬行空的圖畫呢。

我和哥哥相差六歲，他現在已經有屬於自己的攝影工作室了，而且常常接洽知名公司的設計案子，收入非常富足。

而我則還只是個高中三年級生，並用「船到橋頭自然直」的態度在面對未來，從來沒想過自己未來想要做什麼工作。

每當被父母斥責說要仔細思考未來的路時，我都會煩躁地跑到哥哥的工作室和他抱怨，哥哥也常扮演讓我發牢騷的心情垃圾桶。

「沒關係，總有一天會有答案的。」

哥哥總是摸了摸我的頭，並回答我這句話。

「我又不像哥哥一樣，有那麼熱愛的事物和頂尖的才華，親戚們也常常拿你來跟我比較，實在讓我很不是滋味。」

我坐在工作室的沙發上，抱著一隻擺在上面的玩偶抱枕抱怨。其實我滿喜歡這隻玩偶的，抱起來又軟又舒服，哥哥說這是某個女孩子送他的禮物，這玩偶好像是叫什麼「史萊姆」的一種生物。

我從小就知道哥哥具有非常旺盛的桃花運了，因為他不只才華洋溢，長相也俊美。

哥哥每次看我這麼喜歡這隻玩偶，好幾次都說讓我拿回家沒關係，但我從來都沒有那麼做，因為總覺得這樣會很對不起那個女孩。

「有這種事情？」

哥哥邊整理印出來的照片，邊對著我問。

「當然囉！所以我越來越不喜歡跟著爸媽一起和親戚們聚餐了，想到下禮拜又有節日，就覺得好不想去家庭聚餐。真羨慕哥哥可以隨自己的心情選擇要不要去，爸媽也不會對你說什麼。」

哥哥停下了手邊的工作，帶著微笑對著我提議：

「不然這樣好了，節日當天在東海灘附近有一場夏日煙火祭，我打算去那邊拍幾張煙火的照片，小雪要不要跟我去呢？」

我眼睛亮了起來。能夠擺脫令人討厭的家庭聚餐當然好了，而且還有煙火看怎麼不去呢，我最喜歡看煙火了。

「當然要去！」

哥哥看見我興奮的模樣，輕輕笑了一聲。他似乎也沒有忘記我喜歡看煙火這件事，我還記得以前有廟會煙火的時候，都會吵著要哥哥帶我去呢。

「那麼就這麼說定了，我會幫你和爸媽說一聲的。」

約定好之後，我便一直帶著期待下禮拜夏日煙火祭的心情，度過了感覺很漫長的一個星期。

03

哥哥用他的銀白色轎車載我來到煙火祭的場地，他把車子停在距離海灘不遠的一間餐廳停車場，帶著我來到了已經有不少人聚集的海灘。

海灘上架設了一個舞台，已經有許多地下樂團在演唱，是煙火祭之前的開場秀。聽哥哥說這個煙火祭是他的朋友和其他友人一起合辦的，其實最主要的目的是替地下樂團打響名氣，煙火只是吸引人潮的一種噱頭而已。

而主辦人似乎也是個大金主，所以煙火的質量非常值得期待。我也聽說哥哥為了這場煙火祭，捐了六位數的金額給那個朋友呢，所以待會在天空上爆炸的美麗火光，有一部份也是哥哥的功勞。

原本哥哥建議我帶泳裝過來，可是我想都這麼晚了應該不能游泳吧，而且也只是看個煙火而已，為什麼要帶泳裝？

我原本是抱著不會穿的心情帶泳裝過來的，可是在見到這裡的人群之後，我就換上了泳裝，因為這裡每個人都穿著泳裝，感覺穿著衣服過去會覺得自己是異類。

而哥哥只是來這裡攝影的，所以他並沒有帶泳裝來。我覺得他在這裡感覺很突兀，但他似乎並不在意。

哥哥在他的朋友特地為我們留的一個好位置上，架起攝影器材，我則坐在一旁看著舞台上的表演。聽說等下煙火會在舞台左側的空地施放，那裡正好是我和哥哥這個位置的正前方，能看得最清楚。

大約過了一個鐘頭，表演才全部結束。哥哥說我們來的時候已經是最後兩組樂團的演唱了，而煙火祭是在下午四點就開始了，也就是說已經過了四個多鐘頭。還好我只是為了煙火而來，不然大概已經無聊到睡著了吧，因為那些地下樂團的音樂大部分都不怎麼好聽。

接著，我期待很久的煙火秀終於開始了，當第一發煙火衝上天並爆出耀眼的花火時，我的睏意也隨著那個煙火一起炸掉了。

這時，我也聽見了哥哥按下快門的聲音。我站起身子，想看看哥哥有沒有拍到美麗的火光，但是相機上的螢幕卻漆黑一片，只有滿天的星空和煙火熄滅時的白煙而已。我想他大概是晚了一步按快門了吧，因為第一發煙火確實來得很突然。

我的視線馬上就被接著而來的煙火吸引了過去，開場的那個煙火已經夠大夠漂亮了，但對這時的七彩火光來說只不過是個開胃菜而已。

天空彷彿被煙火給照亮，七彩的光芒不斷更換色彩印在人們的身上，爆炸出的艷火宛如光之瀑布傾瀉而下，並在途中就化為白煙。

每當我仰望那足以涵蓋我視線天空的火光時，就有一種進入夢裡的感覺，好像漂浮在宇宙之中，身體彷彿失去了重力，一切的感覺通通被放在眼睛上，只為了感受那短暫的美麗。

每當天空響起低沉的爆炸聲，耳邊就傳來哥哥相機的快門聲。這煙火的量真是驚人，大約持續了三十分鐘才結束，真是讓我大飽了眼福。

煙火停止了之後，我才將注意力轉回哥哥的相機上，我想放了那麼多次也那麼久的煙火，哥哥一定拍到了不少美麗的煙火畫面了吧。

「哥，讓我看看你拍到了什麼！」

我想如果有我喜歡的煙火照片的話，我打算和哥哥拿一張作為紀念，然後裱上框掛在房間某處，我想只要看到時心情一定就會好起來吧。

哥哥點了點頭讓出了位置，讓我可以操作相機。我轉動更換畫面的滾輪，但在看到裡面拍到的畫面時，令我困惑地皺起了眉頭。

「……這是什麼呀，怎麼什麼也沒有？」

我失落地說了一句。哥哥完全沒有拍到煙火爆炸燃燒的時刻，都是煙火已經熄滅剩下白煙的畫面。

「怎麼樣，很漂亮吧？」

哥哥笑著對我說。我覺得他根本在耍我，只剩白煙的畫面哪裡漂亮了！

「哥哥你根本沒有拍到煙火嘛，還說什麼很漂亮，難道連你也當我是傻瓜了？」

我嘟著嘴，有些生氣地對著哥哥說。看哥哥的樣子，應該是刻意拍煙火熄滅的畫面，不過再怎麼說，煙火就是要看它爆炸時產生的美麗火光才對呀！為什麼哥哥卻不捕捉那個美麗瞬間，反而拍這個熄滅時令人感到可惜的畫面呢？

「我才沒有那個意思呢——其實這些照片還沒有完成，只算是底稿而已，等我做些處理後妳就會知道哪裡漂亮了。不過，我說小雪呀，趁哥哥完成照片之前，我想告訴妳一件事。」

哥哥將鎖在腳架上的相機取下，並掛在自己的頸上，之後也收起了腳架。

「什麼事情？不要再呼攏我了喔。」

哥哥輕笑了一聲。雖然旁邊的女孩在看見哥哥這種笑容時，都著迷似的盯著這裡看，但我則是環著胳臂，嘟著嘴對哥哥擺出不信任的模樣。

「當人們覺得某一件景象很美麗時，往往都會忽略藏在背後那看不見的美麗。光是一種明顯且直接的藝術，但有光的地方就會有影子，然而美麗的光便也會產生美麗的影，而我這次想拍的東西，就是煙火的『影子』。希望等小雪看了我完成的照片，能明白我真正想告訴妳的話。」

哥哥摸了摸我的頭，接著就帶著我前往餐廳吃飯了。那時候，我還不明白哥哥到底想表達什麼，直到一個星期過後……

我收到了哥哥寄來的信件，上面寫著「給小雪」的字樣。當媽媽把這封信拿給我的時候，我還不知道那是哥哥寄來的，直到我打開信封，發現裡面是一張張相片時我才知道是哥哥給我的。

我看了看照片的內容，我簡直不想相信那真的是我當時看見的煙火白煙——哥哥用電腦軟體調整了一下光影，將白煙轉換成各種不一樣的顏色，背景也做了些色彩調整或負片等效果。

煙火綻放後所剩下的煙霧，原來是這麼美麗……

雖然從一般的視野看過去，只不過是一團毫不起眼的煙罷了，可是從哥哥的巧手之下，就像是從另一種眼光去看，彷彿太空中的星塵，依濃淡的不同做出了明亮的變化，並加上了各種色彩，毫不輸給煙火的火花，甚至比只能呈現放射狀的煙火更有活性，充滿了夢幻的感覺。

我喜歡煙火，卻只看得見表面的光芒，而忽略了同樣美麗的影子。我想哥哥從小看煙火，就已經同時享受了光與影共舞的美麗藝術了吧。

哥哥真的很厲害，我完全追不上哥哥的腳步，就連喜歡的東西也看得比他還要淺……

這時，我發現最美麗的一張照片背後被寫了字。我仔細閱讀起那些字句，發現是哥哥特地寫給我的話：

『雖然大家都認為我是煙火美麗的光芒，可是小雪妳一定具有大家看不見的美麗，就和煙火的影子一樣。只要找對了方法，就能讓大家看見妳的美好，所以不要洩氣，小雪一定能比我更精采更耀眼。這些照片就送給妳吧，希望妳不要忘記哥哥說的話，永遠記得妳總有一天一定可以綻放出自己的光芒，別因為別人的沒眼光而洩氣了！

——by 哥哥』

04

我已經很久沒跟哥哥見面了，自從高中畢業後，我就為了自己的事情而忙得不可開交。

我沒有上大學，因為當時我還是不知道自己喜歡的事是什麼，所以我打算先到外面工作看看。

如今，我已經有穩定的工作，而且也學了一技之長，漸漸地，父母和親戚們都不再對我說難聽的話了。

我現在過得很快樂，每天都覺得很踏實，都因為哥哥的那番話，讓我在挫折時擁有勇往直前的勇氣。

——因為我要綻放出自己的光芒。

最近，我和工作夥伴要舉辦一場大盛會，雖然周圍的夥伴都是男生，但我並沒有女性的嬌柔和矜持，所以沒多久就和他們混得很熟。

那場盛會越多人來我們越開心，所以我打算邀請很久沒見的哥哥一起來。

我騎著最近買的重型機車來到哥哥的工作室門口，脫去全罩式安全帽後，我按下門鈴，沒多久哥哥那幾乎沒有變的俊美五官就從門後出現。

「哇，好久不見了呢，小雪，妳好像比三年前更帥氣了呢。」

「我可是女生耶，被人說帥氣一點都高興不起來啦！」

哥哥笑了幾聲，接著看向停在門口的那台重型機車。我很自豪的，因為我很喜歡重機車，而且那台重機價值可不比哥哥的銀色轎車便宜唷。

「那麼，妳找我有什麼事呢？」

我笑了笑，遞出一張裝飾得具有復古味道的邀請函。

「下禮拜，天明神社有一場煙火大會，哥哥想不想再去拍照呢？」

「那裡妳不是在國中的時候，就抱怨已經去膩了嗎？怎麼突然想再去了？」

「因為這次的煙火可不一樣喔。」

哥哥揚起眉毛，好奇地問：

「喔？哪裡不一樣了？」

我揉了下鼻頭，接著露出自豪的淡笑：

「那些煙火，可都是我設計的喔。我已經，找到了屬於自己的光芒了。」

Episode Six

墜落的聖誕老人

真是糟糕啊……身體越來越冷了。

我如此在心中抱怨著，卻拿目前的狀況一點辦法也沒有。

因為運動的習慣，總是會脫去厚重的防寒衣物，只剩下一件容易活動的吸汗棉衫。

雖然一開始會非常冷，但只要奔跑一段時間，身體就會開始熱起來，直到最後光靠體溫就能抵禦嚴寒。

但誰知道會變成現在這種情況呢？

卡在煙囪與壁爐的連接處，說起來很可笑吧，不過我可是一點也笑不出來啊……

我的左肩一定骨折了，每呼吸一次肺部就傳來劇烈的疼痛，只要稍微想移動，身體好幾處斷裂的骨頭互相摩擦，造成難以忍受的痛楚。

我呈倒立的姿勢卡在壁爐與煙囪的連接處，只有右手離開狹窄的空間到達壁爐，指尖能夠碰到柴火燒盡而留下的灰。

如果住在這幢房子的人往壁爐裡看，大概會看見一隻右手垂釣在裡面的景象吧。

雖然很嚇人，但我非常希望住在這裡的人能夠看見我，然後把我從這裡面救出去。

我不知道自己能夠撐多久，被放在壁爐裡用來鬆柴火的鐵桿，正好刺入了我的肺部，而因為姿勢的關係，血液從傷口流到臉上，也經由右手滴入壁爐的柴灰裡。

以這樣的失血量來看，我可能撐不過今天晚上，而且這房子的燈光也都熄滅，住在這裡的人應該是入睡了吧。

因為肺被鐵桿刺穿的關係，光是呼吸就得花上很大的力氣，更別說大聲呼喊求救了，我連讓聲帶振動的力量都沒有，所以得等到明早我才有可能被人發現。

說到為什麼會造成這種情況？

我是一名極限運動玩家，自由奔跑是我熱愛的一項運動，自從開始玩這項運動已經五年多了，我記得從十五歲開始，就和一群愛好奔馳的朋友一起玩這項運動。

自由奔跑；通常以城市作為運動地點，以空翻或是走壁等技巧快速越過障礙物，或是在屋頂進行跳躍至另一棟房子的屋頂。

我很喜歡不受拘束自由馳騁的感覺，雖然練習過程中受傷不少次，也有受過許多挫折，但這些都沒有打擊我對自由奔跑的熱愛。

為了安全，我們通常不會獨自一人進行自由奔跑，畢竟要是發生什麼情況而自己不能求救時，如果沒有人在身邊那就糟了。

雖然明白這個道理，但算是這項運動老玩家的我來說，難免會因為自己太過有自信而抱有僥倖的心態。

今天是平安夜，明天就是聖誕節了，所有一起奔馳的朋友們都與家人一起度過這個節日，但身為獨子的我，已經沒有可以一起過節日的家人了。

父親因為高血壓，在我國中時就過世了，然而母親在我高中畢業時，也因為癌症而去世。

成年之前都在親戚之間輾轉不定，每個人都覺得我像個累贅一樣，把我踢來踢去，最後好不容易到了能夠獨自生存的年紀。

為了沖淡重要節日卻沒有家人陪伴的孤寂感，我只好利用最愛的運動來取悅自己。

就算今天沒有人能夠陪我一起奔馳，但只要看見景象快速從身旁掠過，或是做出不受引力拘束般的空翻技巧，我就能感覺非常愉快。

原本一切都很完美，完全沒有失誤過，最後我想靠著飛越三棟屋頂來做結尾，結束後便回家休息。

我從一個上坡路中段躍至一棟三層樓高的宅子屋頂，沿著為了不積雪而設計成尖狀的屋頂頂端使用貓步小心行走，來到邊緣再次躍至下一個屋頂上。

我本來計畫在最後一個房子屋頂，躍至旁邊的山坡樹木後回到地面，不過我發現這幢特別大的屋子，煙囪竟然沒有冒煙，所以產生了另一個打算，那就是爬上煙囪的頂端，鳥瞰這裡的風景。

而這個打算，就是造成我現在這種狀況的原因。

煙囪邊緣長滿了滑溜的苔蘚，當我爬至頂端準備站直身體時，一陣強風讓我身體失去平衡，雙腳因為苔蘚而打滑，讓我整個人摔入了煙囪裡面。

我以顛倒的姿勢從三樓高的煙囪頂端摔下，還能活著已經算非常幸運了，不過現在這種情況我想也活不到聖誕節那天了吧。

所以這真的能算幸運，還是不幸呢？

如果最後都會死的話，那麼不如在摔下來時直接死了還比較好，至少不用忍受這種難受的姿勢和傷口等死。

我吃力地睜開眼睛，窗外微弱的光源讓我稍微能看見東西，但我能看見的，就只有透過壁爐開口的一角，擺設在壁爐一側的聖誕樹而已。

我無法看見整棵聖誕樹的全貌，頂多支撐用的圓盤到樹一半的範圍。

那棵聖誕樹上掛滿了裝飾品，彩球、襪子和絨毛彩帶等等，底下也擺滿了假的禮物箱，如果壁爐燃燒著溫暖的火光，配上那顆聖誕樹，那種景象一定非常幸福吧。

但是現在在我眼中，這顆樹不過就是被遺棄在黑暗角落，硬是裝成很有光彩的樣子，而且不管是本身還是掛飾、禮物，全都是顛倒過來的……

這簡直，就像現在的我一樣嘛。

我勾起嘴角。心想這樣也好，至少在死前還有聖誕節的樣子。

這時，一片雪花落在我的側臉，體溫將它給融化成水滴。

開始下雪了啊，這樣更有感覺了，不過……這還真是糟糕的一場聖誕節啊。

我緩緩閉上了眼睛。

試著睡睡看吧，如果能睡著的話那可就謝天謝地了，不管能不能再次醒來，對現在的我來說已經無所謂了。

只要能睡著，就不必撐著這樣痛苦的感受一直到死亡，而要是能再醒來的話，也表示自己撐過了今夜，被人發現送醫了吧。

就在我閉著眼睛，努力無視身體的疼痛想入睡時，一陣某個物體掉落到拼木地板的聲音響起，還伴隨著類似齒輪轉動的聲音，從快變慢最後停止。

這陣聲響讓我猛然睜開眼睛。

是誰在這裡？

原本想這麼問的我，卻因為被刺穿的肺讓我無法發出聲音，還因為打算擠壓空氣振動聲帶而產生一陣劇痛。

我難受地張開嘴巴，就像人受到難以承受痛苦時，發出大叫的模樣，只不過我半點聲音也發不出來，只能做出大叫的表情。

好不容易等疼痛稍微退去，我才咬緊牙關，打算靠著壁爐有限的視野觀察這個空間是否真有人在，但在這麼做之前，我發現一雙稚白的小手躺在壁爐前方。

我想伸手碰觸那雙手，讓手的主人發現我的存在，但我再怎麼努力往前伸，還是因為距離的關係碰不到那雙手。

現在我只祈禱那個人能看見我垂下的右手，從姿勢加上剛才發出的聲響，我想對方應該是跌倒在壁爐前吧。

雖然搞不懂為什麼在不開燈的情況下行走，最後造成自己跌倒，但以那雙手的大小來看，應該是一個小孩子。

從這個角度只能看見這孩子的雙手，但一旁聖誕樹下，能反光的禮物紙讓我能大約看見她的外型。

是個女孩，長髮以及黑色洋裝，雙腳穿著白色褲襪，從體型看來大約才十歲左右。

我想一個小女孩看見壁爐裡掛著一隻手的景象，一定會嚇得大叫吧。

雖然這樣很對不起她，但能讓她尖叫也好，只要能讓別人知道我的存在，這樣就足夠了。

那雙手漸漸撐起身體，她應該是看到我了吧，那樣的角度不管怎樣，爬起身時一定會發現我的右手，所以請叫出來吧，拜託妳！

但是過了一會兒，那雙手撐起身子卻沒有離開，我從禮物反光紙看見的少女姿勢，她側坐並看著我的右手。

不害怕嗎？就算不害怕，也會覺得奇怪吧，應該要叫人來吧？

但為什麼她要看著我的手，動也不動呢？還是因為嚇傻了呢？

著急的我動了動右手，想藉此發出求救，此時少女緩緩伸出手，指尖稍微碰了一下我的手背後又縮了回去。

我手上的血液她應該也發現了，那麼需要急救的情況應該很好理解吧。

只見她再次緩緩伸出手，接著牽住了我的右手，過了一會兒，另一隻手也伸了出來，將我的手包進溫熱又柔軟的雙手中。

我因為只穿著單薄的棉衫，四肢早就冷得不像話了，所以只要稍微有體溫的東西，就覺得好溫暖。

不過這時候該說些什麼吧，問我是什麼人之類的，為什麼會卡在這裡等等，可是這個女孩卻一句話也沒說，只是一直牽著我的右手。

直到我的手被她的溫度給取暖，恢復了溫度之後，她才緩緩放開雙手。

我無法將我的需求告訴她，如果她沒有問問題，我就不能做出反應。

說點話也好，至少能用右手的姿勢告訴她答案，但她什麼也不說，我就一點辦法也沒有……

最後，我發現了一個能夠和她溝通的方法，那就是利用右手的食指指尖，在壁爐的柴灰上寫字。

雖然非常緩慢才能寫出一句話，但只有這個辦法了。

「我卡在裡面，受傷了，救我出去。」

我盡量減短地寫出了一句話，雖然我以這個姿勢寫出來的字，對方看見會是上下顛倒的，但應該不難理解才對，除非她不識字。

少女沒有出聲回答，反而是學我的方式，用手指在柴灰上寫字。

「你是聖誕老人？」

因為我是從煙囪上掉下來的，所以認為我是聖誕老人？

如果聖誕老人會卡在煙囪裡，多處骨折外加被鐵桿刺穿肺部，那該怎麼在一夜之間，送給全世界的好孩子禮物呢？

雖然很想這樣吐槽她，但現在可不是時候啊。

「我受傷了，請救我出去。」

「所以聖誕老人在煙囪裡面受傷了？」

配合她一下好了，就算騙她說我是聖誕老人也好，只要能幫忙救我出去，怎樣都無所謂啦！

我打算再寫下一句話，但發現已經沒有位置了，只好將方才寫的話給抹平，接著寫下新的字句：

「沒錯，能找人來幫忙嗎？」

對方也將自己之前的話給擦掉，在被弄平的柴灰上寫下新的一句：

「我試試看。」

那雙稚白的雙手離開了好一陣子，我心想自己或許能獲救了，但沒想到回來的依然只有少女一個人。

「搆不到門把。」

她回來時寫下了這一句話。

「搆不到門把？」

我將她寫的話後面加了個問號，應該能讓她知道我是在問這話是什麼意思。

「太高了。」

她在旁邊寫了一句。

我實在無法理解，如果她的身高碰不到門把，那麼又是怎麼進來這裡的？

若說一開始門沒關上，那麼她住在這裡，應該也知道自己摸不到們把這件事才對，正常人在這種情況下都不會把門關上讓自己困在這裡啊……

「找個東西墊腳？」

我這麼寫後，對方雙手再次離開了壁爐。

由於身體難受的關係，我不想在非必要時抬頭看向壁爐，而且以這種姿勢下抬頭非常吃力，所以我閉上眼睛，讓頸子放鬆等待少女歸來。

過了一段時間，衣服和地面磨擦的聲音在壁爐前響起，我抬頭一看，少女用指尖寫下一句話：

「椅子和桌子都太重了，也沒有其他可以用的。」

我終於按耐不住性子。

「那妳是怎麼進來這裡的？」

雖然想拜託對方救我，但她連椅子都搬不動，更別奢望能把我從這裡面給拉出去了。

「是瑪莉帶我進來的，今天我一直都待在這裡。」

為了節省時間，我擦去少女這句話，只留下人名，並在名字前後加上幾個字：

「誰是瑪莉，能不能叫她來呢？」

少女也留下瑪莉的名字，擦去其他的字，寫下新的一句話：

「瑪莉是照顧我們的修女，還有我說過搆不到門把了。」

看見修女兩個字，讓我感覺有些奇妙，因為這裡又不像教堂。我現在因為疼痛而難以思考的頭腦，想不出除了教堂以外，有哪個地方會有修女存在了。

所以我寫下一句話問這名少女：

「這裡是哪裡？」

「孤兒院。」

少女寫完這三個字後，擦去幾乎占據整個柴灰的字，繼續寫出一段話：

「聖誕老人怎麼會不知道呢，這裡的人都是好孩子。」

「沒辦法從這裡出去，就不能發禮物了。」

我努力揮動右手寫字，雖然這麼做非常難受，但這是我唯一能獲救的可能。

「搆不到門把沒關係，用喊的幫我求救，我沒辦法說話。」

看見這句話，少女的雙手微微握住，接著又緩緩放開。

「原來聖誕老人和我一樣，都不能說話。」

看到這句話，我一時間還不知道是什麼意思。

「我不是不能說話，是現在沒辦法。」

我寫出這一句話後，少女原本抬起的手指突然垂下，彷彿感到失望一樣。

「這樣啊。」

「妳不能說話，什麼意思？」

少女豎起食指，打算準備寫字，但卻突然停了下來。

她用手掌抹平炭灰，才揮動食指寫字：

「我聽不見聲音，所以不知道怎麼發出聲音，也不知道怎麼說話。」

聾啞人士嗎……這還真是糟糕啊。

因為身高而碰不到門把，也沒有力氣移動可以墊腳的傢俱，更沒辦法發出聲替我求救，被這樣的人發現簡直跟沒有一樣嘛。

但這時我望向一旁聖誕樹上的掛飾，靈機一動。

「用聖誕樹的彩球，敲打地板發出聲音試試？」

「沒用的。」

她這麼回答我。

「為什麼？」

我記得那種彩球，通常都是用塑膠製成的，而且還是中空，敲打木頭地面或是水泥牆壁，都會發出很大的聲響才對。

「那些是孩子們用紙做出來的，揉得很圓，外層包上反光紙。」

到底是運氣差到什麼樣的地步，才會造成這一連串的巧合啊……

「那麼找找有什麼東西，可以發出聲音的？」

少女仔細地寫出很長的一句話，途中還因為位置不夠，邊抹平之前的字，邊寫：

「沒有了，瑪莉怕年幼的孩子發生危險，所以都把堅硬的物品都收在高處，沒有我可以拿得到的東西。」

看來我果然還是得撐到明天早上了，或許能活下來的機率不高，但也只能這樣了。

為了保持意識清醒，我想最好的辦法就是一直和少女對話吧。只希望她不要在途中睡著，或是喊累不想再和我對話就好。

所以我決定，盡量找話題和她聊天：

「妳一個人在這裡做什麼呢？」

「等一個人。」

「等誰？」

「你。」

等我的意思，其實是指在等聖誕老人吧，因為她把我當作聖誕老人了。

「其實，我並不是什麼聖誕老人。」

少女過了半晌，才寫下一句話：

「這樣啊。瑪莉說過會從煙囪出現的人，不是聖誕老人的話，就是小偷了。」

她一隻手緊緊抓住我的右手手腕，接著用另一隻手寫下：

「我不會讓你逃跑的。」

雖然以現在的狀況實在不適合笑，但我還是因為少女的天真而勾起嘴角。

我緩緩揮動右手，就算她抓著我的手腕，卻不會阻止我寫字。

「妳覺得我這樣逃得掉嗎？」

連接壁爐和煙囪之間的空間，雖然比煙囪管還要再窄一些，但如果能將骨折的左肩伸直的話，應該可以勉強穿過這個空間才是。

可是若要讓左手也像右手一樣伸到壁爐裡，勢必得移動多處骨折的身體，讓肩膀暫時離開連接處突出的邊緣才可以，而且斷裂的肩膀也沒辦法保證可以讓我舉起左手。

不過這還不是最大的問題。

最大的問題在於刺穿肺部的鐵桿，它尾端頂著壁爐底面，前端則深入我的體內，就算我能將左手伸出壁爐外，這根鐵桿還是會頂著我的身體，讓我無法出去。

所以再怎麼想，靠著自己脫困根本是天方夜譚，而要是亂動的話，也不知道鐵桿什麼時候會刺穿主要動脈造成大出血，那樣的話一切都玩完了。

「那麼逃不掉的小偷先生，你的運氣還真是差呢，這裡也沒有什麼值錢的東西。」

當我重新確認自己壞透的處境時，少女已經寫下了一行字。

反正已經沒有辦法脫離這裡，我也就繼續進行保持清醒的求生計畫，和少女聊天，而且字句也不打算精簡了，想到什麼就直接寫出來：

「我既不是聖誕老人也不是小偷，我只是因為自由奔跑而摔入這裡面而已。因為自由奔跑的活動領域是整座城市，所以也包括了屋頂，闖入別人家的頂樓也沒有什麼特別的企圖，純粹只是運動。」

我花了好一段時間才寫完這些話，邊擦去之前的字句邊寫，完成的時候幾乎佔據了整個壁爐裡的柴灰。

少女閱讀完後，將這整句話擦掉，只留下一個詞，並在後方加上問號。

「自由奔跑？」

「是種不受拘束奔馳的極限運動，雖然伴隨著一些風險，但就算變成我現在這樣，我也不後悔，而且這次也只是我不按照安全規則在玩才導致的，錯還是錯在自己。」

我這麼回答她。

這時，少女將指尖在我寫下的「不受拘束奔馳」這幾個字上，輕輕地撫摸了一下。

最後，她將自由奔跑後面的問號給擦去，寫下：

「自由奔跑，真是美妙的名字呢。不受拘束奔馳，光用想像就覺得棒透了。」

沒想到在這種情況下，還能找到一名對自由奔跑有興趣的人呢。

大多數人都會對極限運動伴隨的風險而卻步，因此要找到同好可是非常困難的一件事。

「如果妳想要學我可以教妳，雖然還不是厲害到可以當老師的程度，但教基礎的話倒是沒有問題。不過前提是，我能從這裡出去再說。」

「真的嗎？」

少女寫字的速度變快，好像非常興奮的樣子。

「真的可以教我嗎？」

「當然沒問題，如果能多一個可以一起奔跑的夥伴，我反而覺得很高興呢。」

「自由奔跑，每個人都學得會嗎？」

「只要有毅力，就沒有學不會的道理。」

這時，少女抹平所有字句，接著寫下很大的幾個字，並伸出右手的小拇指停在我的右手前。

「說好囉？」

呵，果然還只是個小女孩呢，不過從小就練習，或許也成長得比較快呀。

我用小指勾起對方的小指，分開後將三個字後方的問號給擦去，並在前方加上一個字：

「嗯，說好囉。」

對方看見後，雙手緊緊包住我的右手，就像是在傳達自己的感謝與雀躍，也因為她這個行為，讓我糟糕透頂的心情好了許多。

「露比。」

少女在柴灰上寫下兩個字，那應該是她的名字吧。

「伊卓。」

我也寫下自己的名字。

「我好開心，因為從來沒有人願意和我聊天聊那麼久，在這裡的孩子幾乎都還不會寫字，而會寫的也沒有耐心用寫字和我對談。」

我怔了怔，想寫出能安慰她的話，但是我卻不知道自己該寫什麼。

一開始就身為孤兒的她，早已受盡沒有父母的痛苦，加上聽不見也無法說話，正常人若想領養，應該也不會選擇領養她吧。

我父親國中時去世，在高中畢業之後也失去母親，這種沒有任何親人可以依靠的痛苦，既無力又孤寂。

我只能利用愛好的運動來轉移那樣的孤獨感，可是在睡覺時，或是什麼也不做的時候，只要身旁沒有任何一個人在，這種彷彿四周空間逐漸縮小的感覺，就會無法克制地湧出。

那種感覺難受到令人不下意識地縮起身體，胸口就像被什麼東西給壓住般難受，就算睡著了還是會不自覺地流出淚水，非常想逃離這種感受卻無從可去。

而這名叫露比的少女，年紀比我還小就早已承受了這樣的痛處，處境甚至比我還糟上許多。

我就連自己都無法安慰，又如何去安慰比我更慘澹的人呢？

「伊卓對我來說就是聖誕老人，因為你送給了我教我奔跑的約定，還那麼有耐心地和我說話。」

聖誕老人……是嗎？

我只不過是因為發生了意外，無法從這裡面脫身，加上肺部的傷逼不得已只好用寫字來向她求救罷了。

仔細想想，我還真是個自私的人呢。

我是為了保持清醒才和她聊天，願意教她自由奔跑，也是因為能讓我多出一個可以一起奔馳的夥伴。

這些全都是以我自己的利益為出發點，根本稱不上無私地將禮物送給好孩子們的聖誕老人。

「如果可以的話，我也想一直和妳聊天、也想教妳自由奔跑。」

不知怎地，我好想照顧這個女孩。

或許是因為自己嘗過類似的痛苦，所以才會有這樣的感覺吧。看見比自己更加悽慘的人，實在讓放不下心。

「可是我或許會食言。」

雖然還想和她多說點話，可以的話我也很想教她自由奔跑，但我看機會應該不大了……

「對不起，我不該和妳約定的。」

我寫的字越來越難看，有些筆畫甚至黏在一起，因為我的意識越來越沉重，昏昏欲睡的感覺也越來越強烈。

這個姿勢會讓血液聚集在腦部，可能已經嚴重腦充血了，加上鐵桿刺穿的傷口也不斷流出血液，以目前的情況我想一定無法撐到早上了。

模糊的視線中，我看見露比不斷揮動著食指寫字，模樣好像很著急，但現在的我已經看不清楚她寫的是什麼字了。

眼皮好沉重，就算我努力想睜開眼睛，視野陷入黑暗的頻率還是逐漸增加。

突然間，露比雙手猛然握住我的右手，而且力道越來越強，我發現她正在顫抖。

我想起父母總在最後垂死之前，我也是這樣握著他們的手，我害怕他們離開我，害怕得不得了，害怕得止不住身體的顫抖。

但我什麼也做不到，只能緊緊抓著他們的手，好像這麼做，就能抓住靈魂不讓生命離開身體似的……

露比五指交扣著我的右手五指，我猛然睜開眼睛。

我看見在「對不起，我不該和妳約定的」這句話周圍，早已寫滿了好幾行字。

「為什麼呢？」

「為什麼不理我？」

「怎麼不動了？」

「不舒服嗎？還是睡著了？」

「你的手好冰。」

「不要嚇我。」

「不要離開我。」

我緩緩瞪大眼睛，因為除了壁爐底面的柴灰，就連壁爐周圍沾有一層灰的壁面也都寫滿了字。

「回答我。」

「動起來。」

「拜託你。」

「伊卓。」

「求求你。」

「不要死。」

我的視線逐漸被淚水沾濕，我還是第一次，看見有一個人那麼在意我的性命、那麼重視我的存在。

因為什麼理由？

只因為我和她聊天，答應教她自由奔跑，如此而已。

這微不足道的事情，這女孩卻看得這麼重要，就算食指被壁爐粗糙的牆面給磨破，依然不斷寫著字。

因為不能發出聲音、不能說話，只好用那些字以及緊握我的手來表達出自己的心情。

就好像失去我、失去唯一能和她聊天的人，就像失去整個世界一樣。

我胸口好痛，這女孩到底經歷過什麼，到底在什麼樣的孤單環境下成長才會有這樣的反應？

把能和自己對談的我看得那麼重要，我卻還想食言，毀約答應過她的事情嗎？

我一把抓住她不停寫字的手，她怔了好大一下，過了一會兒，幾滴淚水落在我的右手上。

好溫暖，我這幾乎失去溫度的右手碰觸到她的淚珠，就像在極地中發現了篝火，讓人產生想活下去的衝動。

我不能在這裡死去，如果我死了，那麼她又會再次回到那孤獨的世界中。所以，無論如何都要活下去，不管會有多難受、多痛苦，我都要離開這個鬼地方！

我放開露比的手後，抹平炭灰上的字，接著寫出一句話：

「請妳緊緊抓住這根鐵桿，答應我，不管發生什麼事都不可以放開。」

我寫完後，右手握住位於壁爐深處，插入我肺部的鐵桿，接著放開再寫下一句話：

「等我出去後，我絕對會教妳自由奔跑，所以請妳千萬別放開它。」

由於角度的關係，露比應該還不知道這根鐵桿是刺入我的肺部的，加上燈光昏暗的關係，漆成黑色的鐵桿應該看不清楚上頭的液體是我的血。

而現在也正下著雪，一些雪片分散地躺在柴灰上，露比就算摸到鐵桿的液體，大概也會認為只是融化的雪水而已。

不過當我開始之後的打算，她就會知道真相了吧，但她放開的話一切都毀了，所以我一定要確保不管怎樣，她都不會放開鐵桿。

「我答應你。」

她寫下這句話後，我伸出小指，對方也用小指勾住我的小指。

隨後，露比將雙手伸入壁爐深處，緊緊抓住鐵桿，而因為這個行為，鐵桿稍微被移動了一下，讓我痛得幾乎喘不過氣。

但要是這點痛都無法忍受，接下來的事情就別想了，所以我緊咬牙關，輕輕地深呼了一口氣，接著用右手抓住壁爐的上框，並且使出全力向下一拉。

骨折的地方傳來能讓人發瘋的劇痛，鐵桿稍微從體內抽出幾毫米，就讓我痛得快暈過去了。

我努力保持意識清醒，雙腳支撐住煙囪管壁，將身體往上抬。

左肩脫離了煙囪與壁爐連接處突出的邊緣，我在瞬間拿出最大的勇氣，伸直骨折的左手。

就好像高壓電在骨頭之間流動般的感受，左肩傳來的劇痛讓我的左耳都產生耳鳴，冷汗就像雨水般湧出。

但至少讓我的左手也伸進了壁爐裡，只要讓雙手臂擺在後腦，就能將體積縮小，離開狹窄的連接處。

不過還不是時候，現在出去只會讓鐵桿更深入體內，它的長度能將我像烤豬一樣卡在壁爐的出口。

所以我繼續抬高身體，利用右手和雙腳的力量支撐，以倒退的方式往上爬。鐵桿在體內移動的感覺實在無法忍受，大量鮮血從傷口處湧出，流到露比的手上。

但是露比依然遵守我和她的約定，緊緊抓著鐵桿。這種樣子她一定知道這根桿子是插在我體內的，而我現在正打算把它給拔出來。

我沒有餘力去思考，這樣會對一個年幼的女孩造成怎樣的感受，我只能不幸負露比的努力，絕對要把鐵桿拔出來。

因為劇痛讓我發出痛苦的低鳴，然而這聲音就連我想發出都沒辦法，而是因為疼痛而迫使我發出來的。

但能夠慶幸的是，露比聽不見聲音，所以也不知道我難受地發出低鳴。

在鐵桿只剩下一小段還留在體內時，我發現已經用光了全身的力氣，不管怎麼使力還是無法將身體繼續往上抬。

這樣下去不行，若不趕快做點什麼，等到連支撐身體的力量都耗盡的話，那麼方才做的一切都會付諸流水。

因此我舉起骨折的左手，握住鐵桿的前端。

這麼做讓我痛到視線彷彿在快速旋轉，但我還是忍著痛用左手把鐵桿從大約一公分深度的地方，往旁邊使力一帶。

鐵桿頂端幾乎是從肉裡「扯」掉的，因為無法繼續往上抬，而鐵桿底部也支撐著地面，我只好做出這樣的犧牲，雖然讓傷口變得更大，但至少脫離了鐵桿。

我幾乎是用「摔」的掉入壁爐裡，終於脫離了狹窄的空間，但這還沒結束，我一定要站起來然後找到人求救才算結束。

我只用右手爬出壁爐外，看見一旁的露比，手上依然緊緊握著滿是我血液的鐵桿。

我想站起來，但是身體已經再也使不上力了，就算鐵桿離開了肺部，我還是沒有力氣喊出聲音。

好不容易出來了，還是沒有辦法嗎……

我抬起頭來，往門口的方向看去，發現門把明明沒有很高，但為什麼露比會說搆不到呢？

這時，露比拖著雙腳，朝我爬了過來，表情已經哭得不像話了。

……原來如此。

位於聖誕樹一旁，在我卡在煙囪與壁爐連接處時看不見的角落發現，有一張輪椅傾倒在那裡。

原來我當初聽到物體掉落的聲音，是露比從輪椅上摔下來的聲音，而逐漸變緩的齒輪聲，原來是輪椅輪子轉動的聲音。

露比她想學的根本不是自由奔跑，而是如何「自由的奔跑」……

好想哭，我好想抱住那個女孩好好安慰她，但現在的我根本辦不到，連立起身體的力量都沒有。

對不起……我只懂得教人自由奔跑的技巧，卻根本不知道如何讓一個雙腳無法站立的人跑步啊……

糟糕透了，我根本不是什麼聖誕老人，我果然還是一名小偷，偷走別人信任的可惡小偷……

體力透支，我的意識逐漸遠去，因為拔出來的鐵桿，讓我的失血更加快速。

這也是預料中的事，如果能求救的話，或許還有活下去的機會，然而要是什麼都不做的話，也只是等死而已。

所以至少，我努力過了……

「唔……」

黑暗中，我聽見了一名女孩的哭聲。

「嗚……哇……！」

而且是極為心痛的哭喊。

雖然是哭聲，但她的聲音真是好聽，比歌聲還要悅耳。

我努力睜開眼睛，但只能打開一個隙縫而已，不過看見的景象，讓我難以置信。

露比她，放聲大哭。

一個聽不見任何聲音的女孩，此刻，發出了悲傷透徹的哭喊。

而她的哭喊，讓這個空間亮起燈光，一名穿著睡衣的女性著急地走了進來，

我終於在這時，被露比之外的人給發現了……

＊

我醒來時，人躺在一間病房裡，床位於窗戶旁邊，早晨的陽光照亮了潔白的牆面與幕簾。

呼吸時，肺部傳來的痛楚已經沒那麼劇烈了，左手也整隻被打上石膏，身體到處包裹著繃帶，整個人簡直就像一隻乾淨的木乃伊。

「你醒啦？」

我往聲音傳來的方向一看，位於左側，一名啃著蘋果的男性對著我打招呼。

我試著發出聲音，發現已經不至於無法說話了。

「我說……那些水果應該是給我的吧？」

在病床旁矮桌上的水果籃裡，明明寫著「贈伊卓，祝早日康復」的字樣，但他卻大喇喇地啃起應該是給我吃的水果。

「這是愛希送來的，我剛才可是有打電話問過她能不能吃一顆，經過同意才拿的耶。」

「是的話就好了。」

在我旁邊的男人叫瑞克，是自由奔跑中的夥伴之一，每個成員都和我很要好，而我的朋友也只有自由奔跑裡的夥伴了。

「所以，為什麼是你在這？」

「你是摔傻了嗎，院方能聯絡到你的親人有誰啊？」

瑞克豪邁地咬了一口蘋果，邊咀嚼邊說：

「社工也是繞了好大一圈才聯絡到我們。真是的，就說了不要一個人跑，出事了吼，你知不知道愛希聽到你住院了，哭得多厲害。」

「……對不起。」

瑞克將食物吞下後，嘆了口氣道：

「算了，至少沒死，也沒有什麼地方殘了，只要痊癒就可以繼續跑，但是你還願意嗎？」

我看向他，對方好像在擔心著什麼似的，一臉不安地看著我。

「受到這樣的教訓，我怕你不敢再玩了。」

「你想太多了。」

我閉上眼睛，假裝想繼續睡覺，邊說：

「只要還可以繼續，我就不會放棄奔跑，比起一開始就沒辦法走路的人，我怎能放棄奔馳的資格？」

沉默了一會兒，瑞克沒有回我話，我接著說：

「現在我明白，對一般人來說再平凡不過的事，其實都是一種幸福。然而人們在失去之前，都不懂得這些東西有多重要，不管是聽覺、還是能走路的雙腳，這些全都是幸福。」

我的鼻頭酸了起來。

不知道能不能再見到那個女孩，不過沒辦法讓她跑起來的我，根本沒有臉去見她，我想她也不會想見到我了吧。

不過她讓我明白了一件事：

「我不是最不幸的人，雖然沒有父母，但至少看得見、聽得到、能說話、四肢健全，這樣我就覺得自己夠幸福了。」

瑞克依然沒有回我話，我想突然說這些，他應該會覺得莫名其妙吧。

但過了一會兒，他突然開口叫我：

「伊卓。」

「我知道剛才的話很蠢，你可以忘記了。」

「我懂你在說什麼。不過我想告訴你，不要只看左邊，看一看右邊吧。」

我睜開眼睛，疑惑地看向瑞克，不知道他在說些什麼。

瑞克翹著二郎腿，嘴巴叼著蘋果的芯。

「就說了不要只看左邊。」

他用下巴指了指前方，也就是我的右手邊。

我往那裡一看，而看見的景象，讓我微微瞪大了眼，視線也逐漸模糊。

『請妳緊緊抓住這根鐵桿，答應我，不管發生什麼事都不可以放開。』

一名女孩雙手緊緊抓著滿是乾血的鐵桿，就算坐在輪椅上睡著了，依然沒有放開雙手。

天真的臉龐緩緩吐著氣息，身體蓋著一件薄薄的白毯子，因為陽光加上被淚水沾濕的視線，讓我產生了她身體微微發著白光的錯覺。

「不管怎麼樣，她就是不肯放開那個東西呢。那是弄傷你肺部的兇手吧，你和這個女孩之間到底發生了什麼事？」

我不敢將頭轉向瑞克，因為不想讓他看見我流淚的模樣。

「是她救了我。」

如果當時沒有露比的哭聲，我就沒辦法被人發現了。

一個不會說話的女孩，卻靠著聲音拯救了我。

「雖然可能會遲了一段時間，但我決定送這個女孩聖誕節禮物，至少當一次真正的聖誕老人。」

「喔？什麼禮物？」

說出來瑞克一定會笑我吧，但不管如何，我已經決定了。

「一個聊天的對象，以及奔跑的感覺。」

等我好起來，我要揹著她跑步。雖然不能教她自由奔跑，但至少可以讓她體會到跑起來的感覺。

從今以後，她不會再是孤單一個人了。

Episode Seven

錯上↓反下↑

01

問我是怎樣的存在？

或許在別人眼中，是一個毫無成就的人吧。

我沒有對這個社會產生任何影響，不管是好還是壞，全都沒有。

要說專長的話，我相信自己的平衡感及方向感極強，且熱愛滑板這項運動。

自從成長到可以賺錢的年紀，走出孤兒院後，我就一直在超商當收銀員，賺取能養活自己的微薄收入。

剩下的只要能夠繼續玩滑板，我就沒有任何奢求了。

我沒有想過自己能擁有怎樣的成就，也不曾期望能夠賺大錢，我只希望能活下去，繼續在滑板上馳騁。

自從踏入極限滑板的領域後，因為我能輕易完成各種高難度動作，因此數次被特技聯盟找上。

他們希望我能將這種特技，展現給更多人觀賞，且可以透過這種管道，藉此獲得名聲，以及更多的財富。

但我全都回絕了。

因為我要的不是名聲，也不是金錢，我要的只有單純的樂趣。

踏上滑板的理由，我不希望是為了觀眾，也不是為了粉絲，而是為了我自己。

我害怕當目的改變之後，乘著滑板不再感到快樂；為了滿足觀眾，而犧牲了自己的初衷，因此我從未答應靠著這項專長賺錢。

但是有一天，一個目的極為特殊的人找上了我。

對方戴著只露出左眼的奇怪面具，對著我說：

「我可以提供您一個，非常完善的私人滑板場。那裡任何設施都有，甚至是別的地方沒有的新世代滑板場，以及還在測試階段的懸浮式滑板，都能任您使用。

條件？沒有任何條件。

您只需要放心地玩滑板就好了，沒有觀眾也沒有任何壓力，而且我們還會提供您高級的旅館房間作為住處。還有最重要的一點，我們每天都會支付您一億元作為薪資。」

怎麼想也不可能。

我想對方一定是詐騙集團的成員吧，怎麼可能不計任何代價，就提供這麼好的待遇呢？

就當我準備回絕時，他突然從口袋中拿出了十枚金幣，以及一張名片，遞向我說：

「我知道您一定會對這樣的優渥條件，而感到警惕。那麼我就了當地告訴您，我們為何要提供這樣的機會好了——」

我無視對方手上那幾枚閃亮的金幣，而是先接下名片。看了看上面的字後，疑惑地說：

「人間樂園？」

「我們是世上最龐大的財團，『人間製藥』旗下，專門開發娛樂及運動設施的部門——『人間樂園』。由於我們開發的新世代設備，需要在這塊領域非常專精的人員來測試，所以才會找上您。」

我狐疑地望向對方說：

「你有什麼證據，證明你就是人間製藥的人呢？」

對方將捧著金幣的手微微抬高，接著說：

「這是我們人間樂園員工，所使用的代幣。上面印有人間製藥的支票代號，以及我們的名義簽證，一枚硬幣等於價值一千萬的可用支票，且任何銀行都能兌換。

這裡有十枚代幣，也就是一共一億元。我可以現在就把這些代幣送給您，並給您三天的時間考慮。當然這段時間內，您隨時都可以將這些代幣換成現金。

如果一枚代幣，真的可以換得一千萬，就能證明我是人間製藥的成員了吧？」

我接下那十枚代幣。細看之下，這並不是黃金所製成，而是黃銅。

如果光是黃銅，真的可以換得一千萬的話，確實就能證明對方不是在說謊了。

對方接著又說：

「當然，我知道您不會為了金錢而下決定，因此我們提供的最佳條件，就是工作的內容。您只希望無憂無慮地玩滑板，而我們缺乏測試人員，因此若您答應，就是雙贏的結果。」

隨後，他又遞出了一張紙條道：

「三天之後的這個時間，願意成為我們的測試人員的話，就來這上頭所寫的地址，我會帶您到工作地點。

相反地，若您不接受我所開出的條件，只要當天沒在那看見您，我就明白您的決定了。而那一億元，就當作是打擾您這些時間的補貼，直接送給您吧。」

我接下紙條，點了點頭回應：

「明白了，我就在這三天內好好考慮。」

隔天，半信半疑的我，拿著一枚代幣至附近的銀行。

當銀行員接下硬幣後，並沒有感到疑惑，而是以同樣的專業笑容對著我問：

「請問您需要提領現金，還是轉至帳戶呢？」

沒想到真的可以使用。

但為了再次確認，我對著銀行員問：

「請問那個東西，可以換多少錢呢？」

「上頭有知名企業的簽證，代碼內含的金額，總共是一千萬元整。」

突然間，一股前所未有的興奮感湧出。

這不是對於金錢上的興奮，而是對於那如美夢般的工作而感到興奮。

為了更加確認這是真的，我對著銀行員說：

「讓我提領現金。」

「好的，請稍待。」

對方開給了我一張證明後，接著說：

「請拿著這個至二號金庫，我們會有專人招待您提領事宜。」

我跟著指示來到巨大的金庫門前，有兩名穿著衣黑的壯碩保全站在兩側。

出示手上的證明後，其中一名保全打開了金庫，並將一千萬的金額裝入手提箱。

接著，另一名保全則是準備了一付手銬，將手提箱和我的手腕銬在一起，並將串有手提箱及手銬的鑰匙遞給了我。

還對著我說：

「此企業高層特別交代，使用這個代幣換得現金的人，都必須特別保護。請問需要派人護送您至目的地嗎？」

現在的我根本無法冷靜思考，只是隨意回絕對方後，就回到了住處。

我用鑰匙將手銬解開，並打開手提箱，大量鈔票填滿了箱子內的所有空間。

而還有九枚代幣，被我放在書桌的一側……

但此刻在我腦中縈繞的，不是這些龐大的金錢，而是當時對方對我說的一句話——

『我可以提供您一個，非常完善的私人滑板場。那裡任何設施都有，甚至是別得地方沒有的新世代滑板場，以及還在測試階段的懸浮式滑板，都能任您使用。』

加入他們，就可以嘗試到我未曾接觸過，滑板更有趣的境界——這對我來說，才是最大的吸引力。

我現在的模樣，大概就像找到糖果屋的孩子一樣吧。

我的決定是什麼，已經非常確定了。

三天後，我照著紙條上的地址，來到指定的地點。

時間一到，對方非常準時地出現。

他一看見我，從面具露出的左眼瞇成彎月，對著我說：

「非常高興看見您出現在這，表示您答應我所開出的條件了吧？」

我點了點頭後，對方從西裝裡拿出了一張合約書。

仔細看了看上面的內容，和他當時向我提出的工作內容完全符合。

再三確認沒有問題後，我才在合約上簽下自己的名字。

對方接過合約後，滿意地說：

「『燕』啊，這名字還真是不錯。那麼我們的工作合約就此生效，不過在帶您到人間樂園之前，我想確認一件事——我之前贈予您的代幣，有帶在身上嗎？」

我從口袋中拿出九枚代幣，回答：

「其中一枚被我兌換成現金了，所以我只帶九枚出來。」

「不要緊。」

對方遞給我一支電子錶，接著說：

「人間樂園裡的任何消費；包括食物和水，只限代幣交易。而這支錶，則是代幣計數器，顯示你目前持有的代幣數量。而在消費時，店員可以直接從這上面扣款，且只限本人使用，既方便又安全。妳可以隨時將錶上的數字換成代幣，當然也可以將代幣換成數字。」

我將錶戴在手上，手錶面板左側顯示時間，但右側則分成上下兩個螢幕，分別顯示的數字都是零。

「需要現在將您手頭上的九枚代幣，換成數字嗎？」

我點了點頭回答：

「麻煩你了。」

對方接下我的九枚硬幣後，從口袋中拿出了一個儀器，按了按上頭的數字鍵，接著將顯示器在我的手錶上刷了一下。

「嗶」地一聲，手錶顯示的數字產生了改變。

右側上方的螢幕顯示「9」，下方的數字則是「-1」。

我疑惑地問：

「這分別代表著什麼意思？」

「讓我簡單地說明吧。數字的基本單位『1』，代表現實中的一千萬。而上方的數字，表示你的代幣持有數，下方則是你所使用的數量。順帶一提，在您手錶中持有的財富，僅限於人間樂園『之中』。」

聽到這句話，我愣愣地問：

「這是……什麼意思？」

「簡單來說，若你離開了人間樂園，您持有的代幣數將會全數沒收。而所使用的代幣數量，則會成為『現實中的負債』。若事後反悔，打算離職，您就必須償還所有使用過的代幣價值。」

對方豎起食指，接著解釋：

「舉個例子，若您使用了十枚代幣，下方面板就會顯示『-10』，也意味著您現實中背負了一億元的負債。

而您現在下方的面板顯示『-1』，不代表您此刻就有一千萬的負債，您只要事後將那提領的一千萬，繳還給我們就可以了。

但在您進入人間樂園後，並開始使用手錶上的數字消費時，那麼真正的負債就會產生了。」

「這怎麼行！合約上也寫得很清楚，每日會發給我們一億元的薪資，為何還會有負債呢？」

「我們確實會發給您薪資，但則用代幣作為薪水。而您也確實使用代幣提領過現金，證明了這些代幣具有實質的價值。

不過，這些代幣屬於我們人間製藥所有，就算作為薪資發放到您的手上，但只供您在樂園中消費。

可是這些您都不必擔心，只要不離開人間樂園，您就不必面臨現實中的負債，而是每天獲得擁有一億元價值的十枚代幣。」

我趕緊將手錶拆下，遞還給對方：

「那麼我現在就提出離職，馬上把上次提領的一千萬還給你們！」

「這怎麼可以。」

突然間，從我身後出現一隻捧著毛巾的手，摀住了我的口鼻。

「何不來我們人間樂園看一看呢？」

我不斷注視著對方的左眼，但強烈的藥物味讓我的視覺逐漸模糊。

「我相信，您一定會愛上這裡的。」

對方緩緩拿下面具，但模糊的視線早已看不清他的長相，只看得到他露出一抹極為得意的笑容……

02

緩緩睜開眼睛，模糊的視線逐漸聚焦。

撐起身子，發覺自己躺在柔軟無比的床上。

周圍的景象，如同貴族居住的寢室，且發現自己一直不離身的滑板，被放在床側。

甩了甩頭，減輕盤繞在腦中沉重的黏稠感後，才走下床。

我拿起滑板，隨後，為了確認自己在什麼地方，想從窗戶看看外頭的景象。

但是，尋遍了浴室和房間，就是找不到任何窗戶，或是可以看見外頭景象的管道。

一股未知的不安感逐漸侵略全身，我衝到房門前，打開沉重的門板後，著急地跑了出去。

但是，出現在眼前的景象，令我怔住了——

前方是一個極為巨大的室內空間，而且龐大的程度完全無法言語。

我這輩子還是的一次見識過，所謂「室內」的「地平線」。

而這裡從摩天輪到雲霄飛車等，各式各樣的遊樂器材，只要能從記憶中說出來的設施，都能在眼前的畫面中找到。

且在巨大的空間邊緣，連接著無數個向上與向下的電扶梯。

電扶梯所連接的另一個平台，又是相同的巨大空間，龐大的程度簡直永無止境。

被大到不可思議的景象給震懾的我，身體無法克制地往後退了好幾步。

就當我打算退回到房間，暫時逃離這樣的恐懼感時，才發現關上的房門被反鎖住了。

隨後，從房門旁邊的儀器中，發出了女性的機械音：

「每使用一次房間，請支付一枚代幣。若您持有的是實體代幣，請投入上方的投入口。若您持有的是電子代幣，請將計數器面板對準下方的感應器。單次的使用時間不限，以離開房間為計一次。」

我瞪大了眼，緩緩將雙手從們把上移開，接著舉起左手，看了看手錶面板。左邊的時間面板，顯示現在是早上七點。而右邊的代幣面板，我持有的代幣數依然是「9」，而使用數則是「-1」，讓我鬆了口氣。

但若我想再次進入房間的話，就必須支付一枚代幣。

而當使用數變成「-2」的那刻開始，我就必須背一千萬的負債了。

此刻，我感覺左手上纏著的不是支手錶，而是一枚定時炸彈似的，著急地想把它給卸下。

但是……印象中的錶扣就像憑空消失了一樣，怎樣都拿不下來。

「這到底是……怎麼回事？」

「歡迎來到，人間樂園。」

從我身後傳來一名女性的聲音。回頭一看，一名脖子上掛著罩式耳機的少女，笑著直視著我。

而在她身後，有一名矮小的男孩怯怯地躲在後方。

「妳是誰……這裡到底是什麼地方？」

「這裡可以是天堂，也可以是地獄，就看你是以什麼樣的心態，來看待這裡的一切。」

思緒還處於混亂狀態的我，無法理解她話中所代表的意思。

或許是看見我沉默許久，對方突然伸出右手說：

「我叫『音』，請多指教。」

我有些警戒地握住對方的手，回應：

「……我叫燕。」

她收回手後，接著問：

「你打算使用那個嗎？」

對方雙瞳直視的方向，集中在我左手的那支錶上。

方才已經確認過，根本拿不下來，所以就算被它纏著而感到不安，我也沒再嘗試掙脫了。

只是語氣顫抖地說：

「怎麼可能……用了的話，就必須背負一千萬的負債了！」

音雙手叉在胸前，笑著說：

「在你來這裡之前，應該有人和你說過了吧。只要不要離開這裡，就根本沒有所謂的負債。」

我將左手擺在身後：

「但我想離開這裡，所以不能用上半枚代幣！」

「那麼，你想離開這裡的理由是什麼呢？」

音豎起食指道：

「你為何會被帶來這，我想一定是答應了工作條件吧。我在這生活了這麼久，所有來這的人都是如此。」

我愣住了。

「那麼，你還想離開這裡嗎？」

「我不知道……」

我思考了許久後，還是無法得出自己的答案，因為我對這裡的一切，都還渾然不知。

最後，我則反問音一個問題：

「那既然妳生活在這裡很久，妳有產生過想離開這裡的打算嗎？」

對方毫不猶豫地回答：

「沒有想過，因為我很喜歡這個地方。但是……」

音的表情突然變得冰冷，接著說：

「我說過了，這裡可以是天堂，也可以是地獄。就看你是以什麼樣的心態，來看待這裡的一切。對我來說，這裡是天堂。但你的話，我無法肯定。」

「這是……什麼意思？」

「雖然這裡是樂園，有許多遊樂設施，但你只能進行，當時所答應的工作項目——直到永遠。」

當音說出這句話時，身後的男孩更加緊握著她的衣角。

「就算你再喜愛某一件事，你真的可以保證，自己至終生，都依然熱愛那件事情嗎？」

我垂下頭，回應：

「未來的事情，我沒辦法現在就回答出來……」

「確實，你現在無法體會。但我能事先告訴你一件事——」

音那悅耳的聲音，說出了令人不寒而慄的話：

「在這裡，因為不斷重複做同一件事，而發瘋的例子並不少見。」

我怔了怔，低吼：

「既然無法確定，那麼我也不想冒那種風險，所以我要離開這裡！」

對方露出淡笑，接著說：

「是嗎？那麼，我再告訴你一個殘酷的事實。不過，與其口頭說明，不如讓你親自體會。」

她用拇指指了指後方：

「你應該有看見，那有一座向下的電扶梯吧？」

我往音的後方看去，在這走道的盡頭確實有一座。

我點了點頭後，對方又問：

「那麼你看得見，電扶梯旁的告示牌，標示這裡是幾樓嗎？」

掛在牆上的綠色告示牌，寫著「70F」的字樣。

「七十樓。」

「所以要離開這裡，勢必得到達一樓，那麼就往下走吧。」

雖然不明白，音為何要說這種理所當然的事情。不過我想離開這，理所當然會往下走了。

我乘上電扶梯，跟著樓層的告示牌不斷走下樓。

但不知道為什麼，搭乘越多電扶梯，一股不知為何產生的暈眩感就逐漸增強。

我從七十樓，一路走到六十六樓。

雖然這裡既龐大、樓層也多，但隨著高度的減少，一定會到達一樓的。

可是六十六層樓下方，本該顯示「65F」的告示牌，卻再次出現「70F」的字樣。

而當我到達底端時，前方的景物產生了既視感。

更令我無法相信的是，音和她身後的男孩，竟然再次出現在我眼前！

……難以置信。

我方才明明只搭乘往下的電扶梯，但為什麼……又回到了七十樓，而且還是同樣的地方？

音走到我面前，笑著問：

「這下你明白了吧？」

「這到底是怎麼回事……我很確定，自己一直往下走才對啊……」

「你怎麼知道？」

我怔了怔：

「……什麼意思？」

「你怎麼知道，自己是在往下走，而不是『往上走』呢？」

「因為往下，所以理所當然是往下走了……」

音嘲笑般哼笑了一聲，接著視線放在我手上的滑板問：

「那個借我一下，可以吧？」

我一頭霧水地將滑板遞給對方，而音則往我身後，那向上的電扶梯走去。

「想離開這裡的人，你不是第一個。而至於有多少人，我已經數不清楚了。但至今還沒有人能夠離開這裡，原因就是這個——」

她將我的滑板，放在電扶梯旁的平台上。那個平台傾斜的角度，和電扶梯一樣。

可是當音把滑板放在那個平台上後……

滑板竟然「往上」滾去。

我難以置信地瞪大雙眼。

「這個地方，眼見不能為憑。而你的滑板也不是往上滑，它仍然遵循著引力往下滑。」

音轉過身，雙手撐著後方的平台說：

「只不過，因為人間樂園的特殊構造，讓你產生往下的電扶梯往上傾斜；相對往上的電扶梯往下傾斜的錯覺。」

「這怎麼可能……」

「事實就擺在眼前，靠著常理來否決事實，是無法改變情況的。」

音捏著下巴思考：

「而且可能的原理有很多種。例如地面的角度，比傾斜的電扶梯更加傾斜，但擺設卻呈人視覺的水平，進而達成這種錯視。但實際情況如何，我也無法證明。不過能確定的就是，不能靠常理來推斷這裡的方向。」

我著急地說：

「那到底要怎麼離開這裡？你生活在這裡很久，所以就算方向是混亂的，也應該清楚當中的規則吧？」

音搖了搖頭，回應：

「很遺憾。我在這生活至今三年之久，仍然找不到出口的位置。因為這裡除了方向混亂外，樓層的高度也無法確認真實性。」

她晃了晃指尖，解釋：

「因為這裡並沒有任何窗戶，或是可以看見外面景象的方式，所以就算告示牌標示七十樓，你有什麼根據這裡確實是七十樓呢？最直接的證據就是，這裡的一樓沒有大門，仍然只有向上及向下的電扶梯。」

我思考了一會兒後，靈光一閃：

「對了——只要每座電扶梯，都用滑板確認是往上還是往下，就能確保自己是朝哪個方向走了。只要確定自己往下走，就可以到達真正的一樓了吧？」

音又嘲笑般冷笑了幾聲：

「你可以試試。」

她用母指指了指後方：

「我剛才已經替你確認了，這個電扶梯是往下走的。那麼你就從這裡開始，利用滑板測試吧，我在這裡等你的結果。」

——實際測試之後，我才終於明白，音為何聽見我的方法後，會嘲笑我了。

因為就算用滑板，依靠引力測試方向，但到達六十八樓時，又證明了一個令人無法接受的事情——

六十八樓的所有電扶梯，用肉眼看不管是往上還是往下，用滑板測試後，都沒有朝傾斜的另一端滑去，表示全都是往上。

而這裡只有電扶梯，可以到達下一個地方。

看來這個地方的複雜程度，遠遠超越我的想像……

回到七十樓，笑著等著我歸來的音，一看見我就問：

「這下你明白了吧？要找出這裡的出口，絕非易事。除非你可以償還最基本的一千萬，或是有雄厚的財力，可以支付更多的負債，不然當你使用了代幣後，就別再妄想從這裡出去了。

在這裡，從水到食物，甚至是居處都要使用代幣。而普通人，三天沒喝水大概就會沒命了吧，所以你頂多只有三天的時間，可以找出離開這裡的方法。

而三天後，人間樂園就會有人員，正式指派你工作了。總覺得這樣的時間巧合，好像他們好像在測試著什麼似的，但也只是我的推測罷了。」

我無力地依著牆，滑坐了下來：

「連妳這個在這生活三年的人，都無法找到出口了，那麼我只有三天，怎麼可能找到……」

「放棄的話，還是得在這生活，何不趁著現在，還未使用任何代幣時的這段時間，嘗試找出答案呢？」

我緩緩抬起頭。音則是轉身走向男孩身邊，接著說：

「但你有自己的選擇。好好想想，到底要怎麼辦。如果還是想離開這裡，再來找我吧。」

音牽起男孩的手，往一個方向走去。

而當男孩經過我面前時，我正好瞥見男孩手上的錶，讓我猛然站起身子：

「等等。」

兩人停下了腳步。

「那個男孩……手上的代幣使用數是零，所以他和我一樣是新人吧？」

男孩緊緊抱住手上的白海豹玩偶。

「是啊，他的名字是『海』。海的決定是要離開這裡，所以我要告訴他我所知道的所有情報。」

「所以，只有確定自己要離開這裡的人，妳才會告訴對方更多的情報了？」

音理所當然地回答：

「沒錯。如果對方打從一開始，就沒有堅決要離開這裡的意念，那麼說再多也只是浪費口舌。畢竟我在這的工作是作曲唱歌，喉嚨必須好好保養的。」

我疑惑地問：

「難道說……妳只要有新人，都會詢問對方要不要離開這裡？」

「一點也沒錯。」

「為什麼要這麼做？妳不是說自己在這裡很開心，為何還要幫助想離開這裡的人呢？」

「等你真的想離開這裡的時候，我再告訴你這些事。」

音拉著海的手，轉身離開。

「——我明白了！」

兩人再次停下腳步。

「我決定要離開這裡，告訴我接下來的情報吧。」

我掄緊拳頭，堅決地說：

「我會找出來給妳看的——離開這裡的方法！」

03

我跟著音，雖然不知道她要帶我到哪去，但一路上她說著，自己為何要幫助像我這樣的新人的理由：

「三年前，和我一同來到這個人間樂園的，是我高中時期的摯友，她的名字叫『舞』。

當時的我對於這個環境的看法，並沒有太大的反應，但舞並不是如此。她打從第一天開始，就想盡辦法想從這裡出去。

因為她無法接受，永遠無法見到家人的事實。為了不產生負債，舞長達兩天不吃不喝、不眠不休，尋找離開這裡的方式。

也在那個時候，我逐漸和舞疏遠，那段時間我都不明白舞到底做了些什麼。

直到三天後，憔悴的舞把這個送給了我──」

這時，音停下了腳步。接著從口袋裡，拿出了一把受損嚴重的小螺絲起子。

「舞把這個送給我後，是這麼說的──『只要有新人來到人間樂園，就告訴他們，妳在之後所看見的殘酷面，因為之後後悔就來不及了。如果他們想從這裡出去，就把這個交給對方，這個工具是離開這裡的重要關鍵』。」

我接下螺絲起子後，試探地問：

「所以說，舞已經找出了離開這裡的辦法了？」

音搖了搖，回答：

「不知道。自那之後，我最後一次見到舞，是在她的房間內。舞脖子被電線纏繞，吊掛在吊燈上。」

聽到這裡，我一時間說不出任何話來。

音過了一會兒，才接著說：

「如果她真的找到了離開這裡的方法，又為何沒有離開，反而選擇留下，且親自了結自己的性命？這是我怎麼想，都想不通的問題。」

音轉過身，繼續往前走去，邊說：

「舞的事件傳開後，有人傳言，舞是因為身體到了極限，卻還是找不到離開這裡的方法，最終崩潰而輕生。

但也有人傳言，是找到出口後，發現更殘酷的事實，才做出這樣的選擇。但真相是什麼，我想只有舞自己才清楚了。

我無法理解對於一個，堅決想離開這裡的人，抱有怎樣的感情與思想，也因此忽略了舞的痛苦。在最後我能替她做的事情，就只有幫助也想離開這裡的人了。」

我注視著手上的這把螺絲起子，上頭佈滿凹痕，而且從生鏽程度不一來看，應該是由不同時期造成的。

「這把螺絲起子，妳剛從舞那拿到的時候，有受損得這麼嚴重嗎？」

「不，當時從舞那拿到的，和新的一樣，完全沒有任何受損。是事後我曾給許多新人，大家都拿去嘗試一種可能性後，三年下來所累積的傷痕。」

「什麼可能性？」

這時，音又拿出了一張骯髒的紙條，遞給了我說：

「這是當時發現舞的屍體時，她手上握著的字條。」

我接下字條，打開來看，上頭佈滿了皺摺，鉛筆的字也被磨得很淡。

但至少看得出寫了些什麼，不過右側有很明顯的撕痕。

看來這張紙條上，原本記錄著更多的事情，但現在只剩下一些片段。

上頭留下的片段寫到──

「從員工套出的話中，有真有假，所以只能自己去證實。

最後，我獲得了幾個重要的情報。

這個人間樂園因為龐大，所以必須有穩固的地基，因此沒有地下室。

在『五』的倍數樓層，都有一間空調室。那裡都有一台顯示樓層的機器，可是……

位於化妝室的通風管，是垂直貫通所有層樓的，從那裡的話……

要離開這裡，就要知道樓層的確切高度，所以……

這樣的話，就能離開了。」

我有些失望地說：

「重要的片段都不見了。」

「沒錯。而上頭提到的空調室，我也去看過了，且依照其他嘗試離開這裡的人所描述，加上我自己的研判，那個顯示樓層的機器，上面的數字應該也是假的。」

「怎麼說？」

「每個人在同一樓層的空調室，告訴我的顯示器數字都不一樣。而且在十樓中的顯示器上頭的數字，竟然有『四位數』。你想有可能有建築物高達上千樓嗎？」

聽到這裡，我也就省略了透過顯示器確認樓層的辦法，接著說：

「上頭也寫到，要離開這裡，就必須知道自己的確切高度，但照目前的情況來說，根本不可能。所以剩下的方法，就是那個連接每層樓的通風管了。」

這時，音突然停下了腳步。

我抬頭一看，面前是男女化妝室的入口。

音指向裡面，接著道：

「所有男女化妝室的最裡面，都有通風管，但通風口都被金屬製的葉片給隔絕了。你倒是可以試試看，用螺絲起子能不能打開它。」

我望著手上的螺絲起子，接著說：

「我想不必多此一舉了。從這把螺絲起子的傷痕來看，加上妳也曾說過，這是三年累積下來的傷痕，但有人成功從通風管離開這裡嗎？」

音露出滿意的笑容說：

「呵，看來你是屬於會動腦筋的人呢。沒錯，確實不用多此一舉，因為我早就知道不可能從那裡離開。

通風口的葉片，是用非常堅固的金屬製成的，而且邊緣直接焊死，所以不可能光用螺絲起子就可以打開。」

「也就是說，舞留下這把螺絲起子，並不是要人撬開通風口，而是別有用途。」

「我也認為是這樣，但是真正的用途到底是什麼，我到現在還不明白。但從目前來看，我大致上猜得出，舞所寫的字條上，兩句受損的話，可能的完整句子——

『在五的倍數樓層，都有一間空調室。那裡都有一台顯示樓層的機器，可是上頭顯示的數字是假的。』

『位於化妝室的通風管，是垂直貫通所有層樓的，從那裡的話或許能到達一樓，但是通風口無法打開。』

所以第三句受損的片段，大概就是離開的方式了。但不幸的是，無從得知到底寫了些什麼。」

我仔細揣摩字條的內容，雖然我也認為音說得有道理，但總覺得若以這樣的句子作為解答的話，就會在文法上產生奇怪的地方。

音看了看手錶，接著說：

「快十點鐘了，我之後還有工作，所以能陪你們的時間不多了。我再告訴你們最後一些事情——

位於五的倍數樓層，都會有一座可搭乘的電梯，而電梯也只能到達五倍數的樓層。

走電扶梯的話，你只能在少數幾層樓之間打轉。我想這點，燕你也體會過了。所以要到達新的樓層，就必須搭乘電梯。

還有一點就是，所有樓層的數字，都只是一個代稱，並不是實質的高度，所以也別天真地妄想，只要到『稱呼上的一樓』就能出去了。因為有這種思想的人並不少，總是會相信數字的標示而到一樓查看，但那只是浪費時間而已。真正要做的則是，找出能確認樓層真實高度的方式，並找到真正的一樓。你們的時間並不多，若無法在未花任何代幣的前題下離開，找到出口也沒意義，所以請珍惜自己的每一份體力。」

我點了點頭，回應：

「我明白了，非常感謝妳的提醒。」

音笑了笑後說：

「以你的思維，我覺得比起其他人，都還值得一試，祝你可以成功離開。」

說完，音向我們道別後，便往電梯的方向離開了。

在這只留下我和海兩人。

雖然得到了那麼多的提示，但這些提示卻全都是死胡同，根本沒有可以下手的方向。

尤其是舞的字條，總覺內容中，有一種抓不住的違和感……

這時，我感受到褲管被拎起的感覺。

往下一看，海一手抱著小海豹玩偶，一手抓著我的褲管，怯怯地將嘴巴藏在玩偶後方。

「抱歉、抱歉，我剛才在思考事情，沒有不理你的打算。」

我用安慰著小孩的姿態，摸了摸海柔軟的頭髮，接著問：

「怎麼了嗎？」

「能讓我看一看那張字條嗎？」

海圓滾滾的雙眼盯著我手上，舞所留下來的字條。

「當然可以。但是，這樣的內容，看了也找不出答案吧。」

我將字條遞給了海，他接下字條後，竟然將字條丟到地上。

「別弄髒了，那可是重要的線索呢……」

海突然蹲坐了下來，直視著地面字條上的內容，嘴巴無聲地喃喃。

過了一會兒，他才對著我說：

「我喜歡玩拼圖，拿手的也是拼圖。就算是堆積如山的拼圖碎片，散在我面前，我還是可以在幾分鐘之內拼完，這也是我被帶來這裡的原因喔。」

我捏著下巴說：

「可是，這張字條只有這個部分。沒有其他部分的話，也無法拼出完整的內容吧？」

「拼圖要能快速完成，就必須靠著一片碎片，來推論出相關碎片的模樣。」

海突然抬起頭來，接著說出令我感到震驚的辯論：

「剛才那個音說的話，或許是對的，但並不是這張字條上，所要表達的內容喔。」

我詫異地蹲坐了下來，認真地問：

「你怎麼知道的？」

海指著字條的右側，解釋：

「這張字條只有右側被撕毀，但是上下和左側是完整的，代表整個內文之前，以及之後，都沒有其他的內容。

所以從最後一句話，也就是『這樣的話，就能離開了』這句話來推測，字條的內容已經有了『結論』。

可是依照音的說法，樓層顯示器和通風管，都和解答沒有關係的話，那麼應該沒有寫出來的必要。

換個方式說明，如果把顯示器以及通風管，這兩句話視為無解句，那麼銜接『要離開這裡，就要知道樓層的確切高度』這句話後面的『所以』這個詞，就會顯得唐突。

因此我認為，要知道『樓層的確切高度』，就會和『樓層顯示器』以及『通風管』有所關連。當然，包含最先提到的『沒有地下室』這個線索。」

海用童稚的言語，說出如此複雜推理，令我感到啞口無言。

……這個小孩不簡單。

我接著問：

「那麼你可以推論出這些受損句子，大概是要表達什麼事情嗎？」

海股著臉頰，搖了搖頭說：

「沒辦法，句子的可能性非常多。不過可以確定的就是，音推測的完整句子，並不是寫這張字條的人的本意。」

「原來如此……那麼要找出真正的涵意，就必須親自探查一次了。」

04

來到化妝室裡，通風管的面前。

矩筒形的通風管寬度，大約能容得下一個壯碩的成年人。

而在通風口上，果然佈滿了無數鑿過的痕跡。

通風口的葉片間隔，大約有兩個指節寬，但全都是向上傾斜的，無法看見下方的模樣，所以不能夠用肉眼的方式，確認自己在哪一層樓。

但能夠看見上方，那一整排筆直的亮點，應該全都是從上樓層化妝室的通風口，所滲進的光線。

這也證明了這通風管，確實是筆直地貫通所有樓層。

「從通風口佈滿的新舊傷痕來看，已經有不少人嘗試破壞通風口，但都徒勞無功。表示離開的方式，絕對不是破壞通風口，而是利用通風管連貫所有樓層的特性，來達成什麼目的也說不定。」

我看著手上的字條，捏著下巴思考說：

「從舞留下來的線索，目前有——螺絲起子、無地下室、樓層顯示器，以及連接所有樓層的通風管。如果這些，都和離開這裡的方法有關連的話，我實在無法想出到底是有著什樣的關係。」

海提議：

「那麼，要不要去看一看樓層顯示器呢？」

「我想也只能這麼辦了。」

我們依照告示牌，來到七十樓層的空調室。

裡面除了設滿機械設備、並從設備中發出吵雜的運作聲外，溫度也非常寒冷。

我環顧了四周，完全沒有類似顯示器的東西。

不過前方有一個小房間，正方格局，寬度只足夠容得下一個人。

我打開門後，發現位於小房間左側，有一台約十五吋的螢幕，擺在一張小木桌上。

螢幕黑底紅字，顯示出「13」的字樣。

「看來就是這個了。」

海被我的話給吸引過來：

「也讓我看一看。」

由於這個房間的寬度，只能容得下一個人，所以我退出來讓海進入房間。

海往左側看去，皺著眉頭說：

「外面的告示牌顯示七十樓，但這上面顯示十二，這樣更混亂了呢。」

從海口中說出的數字，讓我感到詫異：

「十二？可是我剛才看到的數字是十三呢。」

為了確認，海退出來讓我再看一次顯示器。

但這時出現的數字讓我更加錯亂——

我方才很確定，看見的數字是「13」。

可是現在出現在我眼前的數字，竟然是「14」。

我退了出來，對著海說：

「你剛才看見十二，對吧。那麼現在再確認一次，你看見多少？」

海再次走進小房間，接著說出令我更沒有頭緒的答案：

「十一……」

我咬著拇指指甲喃喃：

「看來這果然不是什麼樓層顯示器，可能是只要有人站在面前，就會隨機產生數字的機器吧。沒有規律產生的數字，要怎麼和逃離這裡的方式扯上關係呢……」

海從房間裡走了出來，接著問：

「如果沒關係的話，那麼寫下字條的那個人，又為什麼要寫出這個線索呢？」

我再次檢視手上的字條，回答：

「這點我也根本不清楚。而從音的口中所述，那個舞究竟有沒有找到離開這裡的方式，還是個謎。所以就算這張紙條上寫著，『這樣就能離開了』這句話，也無從得知上頭寫得都是正確的。」

海將嘴巴埋進小海豹玩偶中，悶悶地說：

「可是不依照上頭所提供的線索，我們也沒有方向了，況且我們也不是沒有時間限制呢。」

「這我當然知道……」

我將紙條收回口袋：

「看來沒有選擇了，我們去看看下一個樓層的顯示器好了。」

05

當我和海進入電梯時，裡面有一名帶著紙面具的女性。

對方看見我們兩人時，對著我們說：

「您好，我是人間樂園的電梯小姐。由於是第一次見到您們，所以我有責任將搭乘電梯的基本守則說明清楚。

首先，本電梯只能到達五倍數的樓層，由五樓為最底層，至一百樓的最高層。

而若要到達五倍數以外的樓層，請利用電扶梯前往。另外，電扶梯只能到達五倍數樓層，向下扣減的四層樓範圍。

第二，只能攜帶屬於自己本身的物品。若攜帶非本人之物品；如贓貨，或屬於該樂園的設施，違反者罰五枚代幣。

第三，搭乘本電梯時，禁止破壞該電梯任何設施，以及做出搭乘電梯以外的任何行為，違反者將扣除目前持有的所有代幣。

另外，以上所扣除的代幣，都算在使用數量上，這點請務必注意。」

電梯小姐做出了請示的動作，接著說：

「歡迎搭乘本電梯，請問兩位要前往幾樓呢？」

我思考了一會兒後，決定：

「請到十樓。」

從音那聽說過，十樓的顯示器高達四位數，這點我倒是想確認一下。

「好的——電梯下樓。」

位於電梯內側，電梯小姐在只有五倍數的按鈕上，按下了十的按鈕。

雖說是下樓，但是我完全沒感受到，下降或是上升的作用力，感覺這個電梯是靜止似的。

不過樓層按鈕的光芒，從七十降到十後，電梯門開啟，外頭的景象也全部改變。

走出電梯後，我和海再次依照告示牌，來到了十樓的空調室。

這樓的空調室擺設，和七十樓沒有太大的差異，就連溫度也同樣寒冷。

我進入前方的小房間，同樣位於左側的小木桌上，立著一台顯示著數字的螢幕。

而上頭的數字是「1762」。

記住這些數字後，我退出來讓海也看看上頭的數字。

當海進入裡面後，我在入口探頭看向螢幕上的數字，此刻變成了「1709」。

海雙手緊抱住小海豹說：

「總覺得若是亂數產生的數字，好像有那裡不對勁。」

「我也這麼覺得……再讓我試試。」

海退出小房間，讓我再次站在顯示器面前。

此時的數字變成了「1743」。

「果然沒錯……如果是亂數產生的數字，數字的差距實在太小了。而若是固定在小範圍的差距，那麼有個規則非常令我在意。」

海疑惑地偏了偏頭問：

「規則？」

「或許也只是個巧合，所以為了再確認一次——海，你再進來看一次。」

當換成海站在顯示器面前時，數字變成了「1707」。

我捏著下巴思考：

「如果是亂數，那麼這連續四次的巧合也太奇怪了。」

海不解地眨了眨眼問：

「什麼巧合？」

「難道你沒發現，我站在顯示器面前時，數字總是比你還要大嗎？」

海怔了怔說：

「……對耶，聽你這麼說我才發現。可是，就算是這樣，這些數字又代表著什麼呢？」

「我和你之間擁有的差異很多，例如身高、體重、體溫等等。可是如果是這些，那麼沒有理由，每次看的數字都不相同。所以一定是另外一個因素……而那個因素又究竟是為什麼，在亂數產生的情況下，你的數字總是比我小……」

我仔細思考自己與海的差異，當視線移到海抱著的玩偶後，彷彿一道電流貫通了所有腦神經——

「對了——海，你出來！」

海被我的大喊給嚇得怔了一下，隨後將嘴巴藏在玩偶後面，怯怯地走了出來。

我戰戰兢兢地再次站在顯示器面前，現在的數字是「1755」。

「如果我猜得沒錯的話……」

我將手伸向螢幕面前，此刻，顯示器上的數字有了劇烈的變化——

我瞪大了雙眼，定在同一個動作許久。

「燕？怎、怎麼了嗎？」

我回過神，一把抓起海的手腕，朝空調室的出口奔去。

「嗄？到底怎麼了嘛！」

「待會再解釋，總之我們先到下一個樓層確認一下！」

我拉著海，搭乘電梯來到五十樓，並來到這層樓的空調室。

我直接衝進小房間，這裡顯示器上頭的數字是「143」。我同樣將手伸到顯示器面前，上面的數字一樣產生了劇烈的變化。

那樣的變化和十樓一樣——

當我將手伸向螢幕時，螢幕上的數字就會猛然驟減。

而當我觸碰到螢幕時，上面的數字就變成了「0」。

「有辦法了……」

我語氣顫抖地說：

「有辦法可以離開這裡了。」

海疑惑地從門口邊緣望向顯示器，當看見上頭的數字後，驚訝地吸了口氣：

「……你是怎麼發現的？」

「那是因為，你一直抱著玩偶，且因為玩偶的厚度，導致你無論如何，都比我還『靠近』顯示器，所以你的數字總是比我小。至於為何每次看的數字不同，原因就在於，我們不可能每次都能站在相同的定點上。」

我將手伸了回來，螢幕上的數字又恢復成了「143」。

我無法遮掩興奮地說：

「所以，這才不是什麼樓層顯示器，而是一台數值基準不明的『距離測量器』啊！」

為了確認我所想的方式無誤，因此將食指放在螢幕上邊緣，測量厚度。

而這十五吋螢幕的厚度，只有一個指節厚。

隨後，我嘗試將它從小木桌上拿起來，卻發現底盤被牢牢固定在木桌上。

但仔細一看，底盤的四個角落，各鎖著一個螺絲。我拿出受損的螺絲起子，就算受損嚴重，但還可以將螺絲給轉開。

當能將這台測量器拿離木桌，且確認不是依靠插座供電後，我露出了勝利的笑容。

這麼一來，一切線索都連貫在一起了。

我將測量器拿出小房間，並立在地面上說：

「只要有這台距離測量器，要確認自己的確切高度就沒問題了。通風口的開口雖然只有兩個指節寬，但是這台螢幕的厚度僅一個指節。只要把它放入通風口，就可以知道距離底部有多遠了。」

海露出了驚訝的表情，但隨後卻又陷入了迷思：

「可是這麼做有幾個問題呢。因為，每層樓的顯示器數字都不同，相同的距離顯示出來的數字有大有小，這樣我們根本沒辦法取得一個基準。

而且，電梯小姐也說過一個規定——

『只能攜帶屬於自己本身的物品。若攜帶非本人之物品；如贓貨，或屬於該樂園的設施，違反者罰五枚代幣。』

那個測量器，應該也是屬於樂園內的設施吧。所以要利用同一台測量器的基準，來測量高度的方法，也是行不通的。」

我笑了笑說：

「用不著使用同一台測量器，我們仍然可以取得一個測量的基準，只要這麼做就好了——」

我將測量器給推倒，讓螢幕朝著天花板，而這時顯示出來的數字是「1716」

「經過幾個樓層後，我發現空調室的布置、高度及大小都沒有太大的差異。所以，就算數值不同，只要我們先測量出，空調室從地面到天花板的高度，並將這樣的數值當作『一個樓層的高度』，再去除以從該樓測量通風口到地面的高度，就能得出大約是幾樓。

舉個例子，若測量地面與天花板的高度，得出的數值是『100』，那麼這個數值就是一個樓層的高度。而從通風口測量底部，如果出現『1000』，就是該樓至地面的總高度。

而因為沒有地下室，所以不必顧及會測量到地面以下的高度。

所以將一個樓層的高度，除以該樓的總高度，也就是『1000 除以 100 得出 10』，就能代表這裡的確切高度是十樓了。」

海思考了一會兒說：

「可是，每層樓的地面厚度，也有可能加在總高度的數值裡面。假如十層樓的地面厚度總加起來，等同一層樓的高度的話，那麼總高度數值若是『1000』，而一層樓高度值是『100』，考量到地面厚度的話，那『1000』可能只有九層樓也說不定呢。」

「沒錯，或許是這樣。但我們只需要完成一件事——」

我豎起食指，淡笑著說：

「那就是，找出高度最接近於一樓的樓層就好了。」

06

我來到化妝室，雙手捧著測量器的底盤支架，將螢幕朝下放入通風口內。

海負責從下方的葉片開口，紀錄上頭顯示出來的數字。

「66924」，這是海告訴我的數值，也就這層樓：五十樓的總高度值。

而將這個數字，除以方才測量到的一層樓數值：也就是「1716」之後，得出來的數字是「39」。

因此可以大概確定，五十樓的真實高度，則是三十九樓。

我們將該樓得出來的確切高度記錄下來，並利用相同的方法，打算將所有五倍數樓層的確切高度全部找出來。

但得將該樓的測量器拆下，搬運至化妝室，並到達下一個樓層測量。

由於人間樂園的龐大，因此光一輪的動作，就要花上不少時間。

而從最高樓是一百樓來看，我們必須重複進行這樣的動作二十次。

當測完十個樓層後，飢餓及口渴感襲來，但是我們還是不斷進行下去。

手錶上的時間，顯示下午五點半時，我們才終於將設有顯示器的二十個樓層，通通測量了一遍。

而最後，得出的數字最低的樓層是十五樓。

十五樓的測量器，測得的一層樓高度值，與通風口測得的總高度相除後，得出的數字僅只有「3」。

所以，這樓是最接近一樓的樓層。

我環顧了十五樓的景象，同樣在肉眼看來，仍然設有不少向上及向下的電扶梯，沒有任何比其他樓層更特別的地方。

而這時，或許是勞動了一整天而累壞的海，就像小孩子鬧憋扭一樣，癱坐在地上說：

「就算這樓的高度，可能是實質上的三樓，但要找到真正的一樓，就要把十一到十四樓的高度再量一遍吧……嗚，我的腳好痛。」

我露出淡笑說：

「我倒覺得不必這麼做，答案已經很明顯了。真正的一樓，就在十三樓，絕對不會有錯。」

海不解地問：

「你有什麼根據嘛？」

「當然。在人間樂園當中，若走電扶梯，永遠只會在五個樓層之間打轉。而要到達下一個五樓，就必須搭乘電梯才行。

我想會造成這樣的原因，是因為要達成視覺錯視，最大的傾斜限度就在於五個樓層之間吧。而下一個五層就會重新校正角度，再建構相同的錯視。

因此，每五個樓層，實際上都是一個獨立的空間，而每個獨立的五層，都位於不同的高度。

另外，我們也已經確認了，十五樓至十一樓這個獨立的空間，是位於整個樂園最低的高度。

但奇怪的是，以五樓來舉例，如果連續向下四樓，要再次回到五樓的話，勢必有兩層樓是只有往上的電扶梯。

而我剛開始也用滑板測試過了，七十樓往下走到六十八樓後，只剩下向上的電扶梯。

也就是說，五至三樓是向下，三回到五樓是往上；因此每五倍數的樓層當中，尾數是三或八的樓層，是鄰近樓層之中，高度最低的樓層。

所以十五樓向下走至十三樓，等同於我們測量出的三樓，下降至一樓。因此告示牌上的十三樓，就是真正的一樓，不會有錯……」

這時，一陣拍手聲打斷了我的話。

我往聲音傳來的方向看去，一名戴著面具的男人逐漸走向我。

……而我很確定，他就是當時把我帶來這裡的那個人。

「精采、真是太精采了。」

當對方接近我們時，我和海同時做出了緊戒的姿勢。

「用不著緊張，我們人間樂園有個規定，那就是必須送一個禮物，給解開樂園建築秘密的人喔。」

我將海護在身後，壓低身子冷冷地說：

「你們的禮物，一定不是什麼好東西。」

「如果我說的禮物是，可以帶你們離開這裡呢？」

我怔了怔。

「跟我來吧。」

對方朝一座電扶梯走去。

我和海面面相覷了一會兒，才決定跟上去。

搭乘電扶梯逐漸往下時，男人又開口說：

「十三啊，是破壞完整性的不祥數字。一年十二個月、時鐘的十二個小時、以及耶穌的十二門徒；破壞了十二這完美的數字，往往都會帶來不祥。也因為這樣，所以我們將十三這樣的數字，作為一樓大門的代稱。」

我有些不屑地說：

「只不過是為了混淆真實高度吧？」

「那只是目的之一呢。」

男人回望我們兩人，接著說：

「不詳的出入口，代表著一面是樂園、一面是煉獄。至於究竟往哪個方向，是進入煉獄，或是進入樂園，就得看你們兩位的選擇了。」

我還不明白對方這句話的意思。

到了十三樓後，男人拿出了一張卡片，往什麼都沒有的牆面一隅刷了一下。這時，牆面就像收縮的積木一樣，開啟了一個通道，而從通道的另一頭吹來極為熾熱的風。

「請吧，你們可以離開這裡。」

我吞了口口水，拉起海的手往通道外走去。

強烈的光芒逐漸吞噬黑暗，而當走出通道後，毒辣的陽光無情地灑在我身上，讓我不禁遮起雙眼。

當眼睛習慣這種強光後，往前方看去。

映入眼簾的景象，讓我說不出半句話來——

一望無際的沙漠，就連地平線也因為高溫而扭曲。

「這裡是世界上，最大的沙漠正中央。」

男人從後方通道走了出來：

「要徒步離開這裡，沒有任何食物及水，是絕對沒辦法的。就算你們花光了現有的代幣儲備糧食，那樣的數量也絕對辦不到。

那麼，你們的選擇是什麼呢？踏上自由的樂園，但必須接受炎熱的煉獄。還是進入束縛自由的煉獄，享受樂園的生活呢？」

此刻我明白到，現在我和海必須做的抉擇，舞也一定是經歷過吧。

而我想，她大概是無法接受這樣的事實，才選擇自殺的。

……寧可抱著現實的認同死去，也不願活在虛擬的人間樂園。

07

「呵呵，是嗎？原來這裡是在沙漠的正中央啊。」

位於一間餐廳裡，音坐在餐桌的對面，整理自己寫出的樂譜，邊說：

「不過你們倒也是挺能幹的，只花了一天的時間，就找出了離開這裡的方法。」

我和海吃著盤上的食物。老實說，這人間樂園的料理還真是美味。

但是光想到食物的基本消費是兩枚代幣，飲品的基本消費是一枚代幣，就覺得這些食物的實際價值，可真是天文數字啊。

不過，那些都無所謂了。

「所以你們選擇留下來，不後悔嗎？」

我苦笑了幾聲說：

「事到如今還說後悔，也已經太遲了。而且以這種地理位置來說，就算離開了也只是死路一條。」

「說得也是。」

音將樂譜收好，依著椅背道：

「既然看清了現實，就好好地在這裡生活吧。若不去考慮外面世界的負債，其實這裡也沒有想像中的那麼糟。」

「未來的事情，我無法現在就下結論。」

我望向支在餐桌旁的滑板，覺悟地說：

「這裡究竟是天堂還是地獄？這個問題就如同沒有衡量的基準，便無法確定人間樂園的電扶梯，究竟是往上還是往下。不過現實與人間樂園的分界，讓我明白到，要獲得什麼，就必須拋棄什麼。」

我舉起左手，看著上頭的面板。

使用的代幣數上，顯示著「-5」的字樣。

「如果我捨去的是地獄——那麼，得到的就會是天堂吧。」

音笑了笑，將脖子上的耳機摘了下來：

「實際上，我也無法保證自己，是否能夠永遠熱愛作曲唱歌。不過我想總有一天，會出現一種人的……」

我疑惑地望向音，對方接著說：

「不想著橫跨沙漠離開這裡，而是想出更厲害的方式，瓦解這個人間樂園，帶我們回到現實的世界。如同找出離開這裡方法的舞、如同一天之內就找出答案的你；未來一定會有更聰明的人，出現在我們的面前。」

音露出彷彿看穿了什麼的表情道：

「只要人間製藥，不停止自己的傲慢，不斷將各種天才送來這裡，我相信能夠讓人間樂園崩解的那個天才……總有一天，會來到這裡的。」

Episode Eight

敗者的｜絕對值｜

01

「喂，你。」

黑暗中，傳來一名悅耳的女性聲音。

但我沒有回應她。

當我醒過來的時候，發現自己四肢被冰冷的金屬給束縛，眼睛也被布料給遮了起來。

雖然多少明白，自己為什麼會落得現在這種下場。

但我不會輕易和綁架我的人說話的。

就當我持續沉默，對方才發出有些不滿的聲音道：

「我知道你在這裡。我聞得到你的氣味，聽得見你的鼻息，以及衣服摩擦的聲音，你是想無視我嗎？」

她確認我存在的方法，缺少了視覺和觸覺……

那麼對方可能也像我一樣，處於無法動彈，且眼睛看不見的情況下。

「妳應該也看不見吧，什麼時候發現我在這的？」

「在我醒來的時候，也就是說我剛才才醒過來。」

對方的話停頓了一下，音調變得稍高亢一些，那是人稍微放鬆後的反應：

「你剛才說了『也』對吧，那麼你應該不是監視我的人，而是情況和我相同的受害者。」

她說完後，發出鎖鍊反覆繃緊和放鬆的聲音。

看來她想嘗試用蠻力掙脫束縛住身體的東西，但那只是浪費力氣而已。

「放棄吧，在妳還沒醒來之前，我能做的都做了，掙脫不了的。」

聽見我的話後，女性才放棄掙扎，嘆了口氣後問：

「喂，你叫什麼名字？」

我疑惑地反問：

「問這個的意義是什麼？」

「我和你同為受害者，那麼或許能成為夥伴，以脫離現狀為目標來合作，這樣的話，知道彼此的名字不是理所當然的嗎？」

「七尋夜。」

「我叫罪伊弦。你對現在這個處境，理解到什麼程度？」

「渾然不知，一如往常地在家中上床入睡，可是醒來時卻是現在這種情況。」

罪伊弦冷笑了一聲：

「我想也是，畢竟我也一樣。」

「話說回來，罪伊弦，妳在這之前，有做過什麼大事嗎？」

「怎麼這麼問？」

「我雖然不知道，是怎麼被帶來這裡的……」

我自嘲般笑了笑，接著說：

「但我知道，可能是因為什麼原因才被帶來。為了確認真的是因為那件事的關係，才會落得這種下場，我必須聽聽妳是否也是如此。」

罪伊弦沉默了一會兒，才說：

「說到大事的話，昨天我從知名大財團——『人間製藥』所經營的地下賭場中，贏走了一億元。」

她的語氣突然變得冰冷：

「只不過，都是依靠老千才贏得的，畢竟我是名職業賭徒。那麼你呢，七尋夜？」

「既然妳告訴了我自己的職業，那麼以相同的情報價值，我也告訴妳吧……我是模仿家，以取代一個人的身分，藉此利用模仿對象的家人、朋友和同事的信任，來達成金錢上的獲利。

在過去幾個月，我發現知名財團，『人間製藥』旗下分公司的一名主管，身型和臉型與我相似，我覺得那是個不錯的機會。

我觀察了他好一段時間，完全模仿對方的行為後，做了些小手段取代他的位置，接著關閉公司並捲款私逃，獲取一億元的資產。」

罪伊弦冷冷地笑了一聲後說：

「原來如此，這就是我們的共通點。所以把我們帶來這裡的，無疑是人間製藥了。」

「但他們打算把我們怎麼樣，還是個未知數。」

「船到橋頭自然直，反正現在的我們，什麼也做不了。」

「說得也是。」

過了一會兒，聽覺較為敏銳的罪伊弦，似乎察覺到了什麼：

「喂，你聽見了嗎？」

為了仔細聆聽，所以我沒有回答她的問題，將專注力放在耳朵上。

漸漸地，我聽見了尖銳的聲響逐漸變大，那是飛機引擎下降時所產生的噪音。

「看來我們在飛機上呢。」

「呵呵，或許被帶到很遠的地方來了，會被丟在荒野嗎？」

罪伊弦嘆了口氣，接著說：

「真是的，一個賭徒和模仿家，能夠做些什麼呢？這種時候，我還希望在身邊的人，是一名求生專家呢。」

我無奈地說：

「說得好像我有得選似的。」

隨著噪音逐漸變大，空間也產生了震動。

而束縛我四肢的東西，是金屬製的手銬，因震動而拉扯的感覺並不好受。

經過一番折騰後，引擎聲和震動才漸漸減弱。

等到完全靜止時，我聽見外頭有人的腳步聲往這裡接近。

當氣壓釋放的聲音響起，一陣涼風也傳入了這個空間。

好像是這個地方的門被打開了，而從風流動的模式來看，我很確定門口站了不少人。

可能也發現了這個情況的罪伊弦，和我一樣不發一語。

這時，有兩個腳步聲分別來到我和罪伊弦的背後。

接著，我感受到槍口抵著我後腦勺的感覺。

與此同時，四肢的束縛也被解開。

用槍抵著我的人，將我強行架了起來，最後才把遮住我眼睛的布料給扯下。

這是我首次看見罪伊弦的長相，她的美貌和悅耳的聲音足以畫上等號。

眼神同時具有高雅及冷酷的氣息，有如一朵帶著毒刺的薔薇。

但那種令人不敢隨意觸碰的氣質，此刻卻被一名身著軍裝的男人，用步槍抵著後腦。

隨後，一名穿著西裝、戴著只露出左眼面具的怪異女性，走到我和罪伊弦之間，說道：

「七尋夜先生、罪伊弦小姐，非常歡迎您們來到『人間樂園』。」

罪伊弦瞪視著對方，問：

「人間……樂園？」

「不用擔心，我會好好地向你們介紹，這個人間天堂的。」

女性彈了下手指，我和罪伊弦背後的軍人，就強行將我們架往入口的方向。

離開暗淡的空間後，才發現自己是被一架軍用直升機給帶來這裡的。

直升機外是一個巨大的室內空間，天花板和牆壁，全被蛋型的玻璃罩給包覆起來。

而窗外的景象則是一片雲海，表示這裡是在非常高的地方。

但較令我詫異的是，這架直升機究竟是用什麼方式，降落在這個「室內」的？

可是現在的我，根本沒有時間去思考這件事。

面具女從機艙走了出來，接著說：

「您們兩人都犯了罪，原本是必須處刑的。但您們具有非常好的資質，所以才將您們帶來這個樂園。」

面具女雙手平舉，自傲地說：

「這裡是世上最龐大的財團，『人間製藥』旗下，專門開發各項娛樂及運動設施的部門——『人間樂園』！你們從今天開始，就在這裡住下來吧，這個樂園什麼都有。美食、購物中心、高級旅館、各項運動場、電玩間和遊樂場，你們所想得到的，這個人間樂園應有盡有。」

隨後，她豎起食指說：

「但是有個條件，那就是你們每天都必須『賭一場』。」

我不安地問：

「……賭？」

面具女走到我面前，將臉湊近我說：

「沒有錯，在這人間樂園中的第一〇一樓；也就是這裡，設有一間樂園大賭場，請看——」

他將手往一個方向攤去，那個方向的盡頭，有一幢如同宮殿般，金碧輝煌的龐大建築，就豎立在這個「室內」中。

「那兒就是樂園大賭場。在這個人間樂園裡，只有極少數資產超過一千枚代幣的富豪，才有進入這一〇一樓的資格，並參加樂園大賭場的每日賽事。」

面具女回過頭來，再次豎起食指說：

「然而在這人間樂園當中，只能使用『樂園代幣』來進行消費，當然賭博也只能以代幣來做為籌碼。

順帶一提，一枚代幣等同於一千萬的可用支票，上面印有人間製藥的支票代號，以及我們的名義簽證。

因此您可以在任何一家銀行裡，將我們的樂園代幣兌換成現金，是不是很棒呢？」

罪伊弦提出一個，我也很在意的問題：

「妳說只有資產超過一千枚代幣……也就是擁有實值一百億的富翁，才可以參加樂園大賭場。但我們根本沒有半毛錢可以當籌碼，該拿什麼東西來賭呢？」

面具女突然湊近罪伊弦的臉，接著冷冷地說：

「器官、肢體、或者是性命。」

我看見罪伊弦臉上滑下了一顆冷汗。

就在場面陷入冷凍時，面具女才忽然高喊：

「開玩笑的！這裡可是樂園呢，怎麼可以做出這麼恐怖的事情呢？至於籌碼方面，你們就不用煩惱了，喏——」

她從口袋裡拿出了兩張黑色卡片，這時身後的軍人，也將我和罪伊弦給推向前。

卡片上頭印有人間製藥的徽章，是一個狙擊準心，對準英文字母「E」的標誌。

我拿到的卡片，在徽章的另外一面，左側鑲有一塊晶片，中間則是印有「七尋夜」的字樣。

而最右側則是貼著我的照片，那張照片和身分證上的一模一樣。

我不解地問：

「這個是？」

「屬於您們的樂園黑卡。」

面具女雙手配合語言做出動作，解釋：

「所謂的樂園黑卡，就是必須擁有一千枚樂園代幣，才可以申請的樂園專用信用卡。順帶一提，您們的樂園黑卡中，擁有兩千五百枚代幣；也就是說，您們此刻已經擁有了實質二百五十億元的資產。」

罪伊弦語氣有些興奮地喃喃：

「二百五十億……」

面具女擺出了模特兒般的敬禮姿勢：

「沒錯，雖然您們剛來到人間樂園，但已經是貴族階級了喔！而您們的黑卡，人間製藥還特別附贈優惠呢，也就是至明日的這段時間內，買東西都不用錢，請好好把握！」

「那些對我來說都無關緊要。」

我打斷了面具女的話：

「我只想知道，你們到底有什麼目的，為什麼要強行把我們帶來這裡？」

「聽人把話說完，是一種基本的禮儀喔，七尋夜先生。」

面具女的語氣突然變得寒冷，從左邊露出來的眼神也變得陰森：

「給予貴賓至高無上的接待，是我工作的唯一信念。然而，若無法把這信念傳遞出去，等同於是對我的汙辱喔。」

面具女用食指抬起了我的下巴說：

「不然這樣好了，給你什麼東西，才會讓你覺得開心呢，七尋夜先生？」

我吞了口口水，冷冷地推開對方的手說：

「不用給我任何東西，我只想離開這裡。」

面具女露出來的眼睛顯得無趣：

「啊……離開這裡呀？可以呀，當然可以，只不過……」

接著她舉起右手，將五隻手指打開擺在我面前說：

「五百億，這是把您安全送回家的費用，很划算對吧？」

「妳在開什麼玩笑……」

面具女雙手叉在胸前，冷冷地說：

「搞清楚場面，七尋夜，我並沒有在跟你開玩笑。」

我不下意識地吞了口口水，對方的態度轉變，實在快得讓人難以跟上。

「去掉『把您安全送回家』這句話，我倒是可以給您打對折；也就是您只要將手上的樂園黑卡交還給我，就能讓您離開這裡。

但是話先說在前頭，這人間樂園可是坐落在，全世界最大的沙漠正中央。若你有絕對的信心，以及超人般的體能，我是不會阻止你這麼做的。」

面具女瞇起眼睛，危險地說：

「你可要好好想清楚。」

當我無話可說時，罪伊弦則對著面具女問：

「話說回來，妳直接贈送二百五十億給我們，只為了讓我們天天賭一場，這樣簡單的動機而已嗎？

即便你們是世界上最大的財團，但這筆錢也不是筆小數目。

真的只要我們留下來，這二百五十億就屬於我們的，不計任何代價？」

面具女雙手捧著臉，陶醉地對著罪伊弦說：

「還是您最討人喜歡了，罪伊弦小姐。當然，我們人間製藥出手從來不吝嗇的。只要你們留下來，那二百五十億就屬於您們，不計任何代價。」

面具女一手攤平，一手豎起食指，做出解說的姿勢：

「不過，雖然只要持有樂園黑卡，都規定必須每天都參加一次，樂園大賭場的比賽。而在限制上，每人一天也只能參加一次，但當然還是有不參賽的方式——」

面具女豎起一根手指說：

「只要支付十億元，就可以取消當天的參加限制，非常簡單吧？不過相對地，因為您們的樂園黑卡，是由人間製藥暫時提供的。所以每天得再收取十億來當作利息才行，這樣可以理解嗎？」

罪伊弦試探信地問：

「那麼，若沒有參加妳說的那個樂園大賭場……也沒有支付十億取消參加，會怎麼樣？」

面具女撫著額頭說：

「如果是那樣的，很遺憾，我們會報銷您的樂園黑卡；也就是說，一旦發生這種情況，您在這裡的所有資產將會瞬間歸零。

我也說過了，在這個樂園中，任何消費都必須使用樂園代幣，若您身無分文，就無法獲得任何食物。

雖然飲水的問題，可以用洗手台水龍頭來解決，但這也只是在垂死掙扎而已。這樣可以明白，違反這則規定的嚴重性了吧？」

我和罪伊弦都陷入了沉默。

面具女彈了下手指，語氣再次變得高亢：

「不過，只要您們好好遵守規則，就有二百五十億的的優渥資產，可以隨意運用喔！」

我捏著下巴思考，隨後對著面具女問：

「簡單來說，要安全地離開這裡，就必須有五百億……然而，既然妳說是賭場，那麼勢必可以用賭博，賺取更多的金錢吧？」

面具女驚訝地轉過頭來說：

「您終於開始問有趣的事情了嘛，七尋夜先生。

沒錯，只要獲勝，當然可以獲得更多的代幣，而且報酬可不少呢。

參加樂園大賭場，大概就是在這個人間樂園中，賺錢最快的一種方式了。」

罪伊弦食指抵著下唇問：

「那麼，參加賭局有什麼需要注意的事呢？」

面具女豎起食指，解說：

「首先，參加者必須持有樂園黑卡，這點我已經提過了。

而不管任何賭局，最多只進行『五個回合』，由這五回合之內來決定勝負。

另外，每場的最低籌碼是五十億，上限則無，但必須是五十億可以整除的倍數。

並且再由該場的賭注籌碼，均分成每回合的籌碼。」

面具女雙手都豎起食指：

「順帶一提，不管任何遊戲，都是一對一的比賽模式。

對決的雙方該場下注的籌碼若是相等，就會完整地進行五個回合……

但若有一方該場的籌碼是五十億，另一方則是一百億的話，則由籌碼較多的那方為『莊家』。」

她攤開雙手，接著說：

「莊家可以決定每回合的籌碼，而閒家只能『強制接受』莊家所決定的籌碼。

補充一點，莊家每回合下注，不得超過閒家擁有的籌碼上限，同時也不能低於十億。」

隨後又再次豎起食指，解釋：

「舉個例子說，若莊家第一回合就開出五十億的籌碼，而閒家贏的話，就可以從莊家身上拿走五十億。

但相對地，要是莊家獲勝，那麼閒家就會在第一回合結束時，就會耗盡籌碼。

不過重點是，這樣就還有四回合沒有進行。

當發生這樣的情況時，閒家可以選擇兩條路——

第一條是棄權，第二條則是選擇使用『借貸籌碼』。」

聽到這裡的我疑惑地問：

「借貸籌碼？」

對方點了點頭，接著說：

「每項遊戲中，我們都提供了每人五十億的借貸籌碼。

借貸籌碼可說是輸家的最後逆轉機會，但同時也只有這麼一次機會。

使用了借貸籌碼的那方，將會『無條件成為莊家』，不過這個莊家身分只限定一個回合。」

隨後她將雙手食指打了個叉，說道：

「還有，只有獲勝次數較少的那方，才有資格使用借貸籌碼。

也因此，第一回合是無法使用借貸籌碼的。

而當遊戲結束時，輸家不管有沒有使用借貸籌碼，最後仍都必須背負五十億的債款，這是給輸家的一點小懲罰。

不過相對地，若是使用借貸籌碼的話，贏家則會額外獲得五十億的酬勞。

順帶一提，借貸籌碼也包含在籌碼上限中。

因此莊家所決定的籌碼上限，可以包含閒家的借貸籌碼，算是強制閒家使用借貸籌碼。」

面具女豎起食指及中指，接著說：

「另外，當日賭局的勝負，由獲勝次數而定。

還有，只有獲勝次數較少的一方，才可以喊出棄權。

而若獲勝次數較少的一方，連借貸籌碼也耗盡的話，就算五回合未完，仍直接結束比賽。」

面具女指著我和罪伊弦說：

「與誰進行賭博，這方面比較自由。

只要雙方都意願互相一較高下，一同到報名櫃台申請即可。

但必須雙方都有共識，進行同一種遊戲才行。

而若沒有指定的人選，可以選擇隨意配對對手的參加方式。

只要參加者一人，前往報情櫃台申請即可。

沒指定對手，則可以自由選擇任何遊戲。」

隨後，她食指指向一個方向。

那處的牆上掛著一個華麗的時鐘，指針在七點二十五分的位置。

「參加報名，以及申請取消參加限制的時限，皆以當天正午十二點整為限。若是指定互相較勁的參加者，可以隨意選擇時段。未指定對手的參賽者，我們則會隨意指定比賽時間。」

面具女彈了下手指說：

「補充一點，在這個樂園中的金錢是可以進行交易的。但必須將雙方的黑卡，交給樂園銀行員，才能進行交易手續。進行交易時，持有雙方黑卡交付給銀行員的人，只能是給予金錢者。這是為防止有人搶奪或竊取、拾獲別人的黑卡，所做的保護機制。」

這時，她的左眼眼神變得冷冽：

「另一方面，在原持有者不願意的情況下，將非本人的黑卡占為己有，且占有者是有意識地持有非自身的黑卡……若發生這種情況，將強制扣除占有者一百億做為補償金，轉匯給原持有者，請務必牢記在心。」

最後，面具女對我們行了個禮：

「以上是大致的規範，若要知道遊戲內容，以及遊戲規則，請向賭場櫃台索取樂園大賭場手冊。若還有什麼問題，歡迎到一〇一樓的服務櫃台找我，隨時為您們解答。」

02

「好了，來整理一下目前的情況吧。」

我和罪伊弦坐在一間咖啡廳裡。

桌上擺著的，除了兩杯咖啡以外，還有一本教科書厚的「樂園大賭場手冊」。

我將目前得知的情報整理了出來：

「我們每日都會被扣除十億的黑卡利息，而從總資產的二百五十億來看，第二十六天，我們的樂園黑卡就會被報銷。若是選擇不參加賭局，得額外再支付十億的取消參賽限制，這樣的話撐不過十三天。然而，放任能進行賭博的籌碼，以這種行式流失，也不是明智的方法，因此非參加賭局不可。」

由於罪伊弦的職業，正好是專業的賭徒，因此賭場手冊是給罪伊弦研究的。

她大致翻閱了之後說：

「雖然這本手冊內容不少，但幾乎都是在介紹賭戲的玩法，基本上也和一般賭場有的賭戲差不多。」

我苦笑著說：

「那麼裡面有比較簡單易懂的遊戲嗎，畢竟我根本沒賭博過，要我和那些經驗老到的專家進行遊戲，根本沒有勝算。」

「你可以選擇完全靠運氣的賭戲，例如輪盤。

而由於樂園大賭場，是採取一對一的對決，因此輪盤的規則也較為不同，以雙方決定比大或小的數字。

或是指定某個數字，珠子落在指定數字差距越小的格數，來決定輸贏，這點倒是滿特殊的。」

我拱起手說：

「可是若對方出老千呢？由於這可不只是攸關資產的問題，一旦負債就會有生命上的顧慮。這麼一來，一定會有人不擇手段也要取得勝利吧？」

罪伊弦笑了笑，身體依在椅背上說：

「這倒是沒錯，在我多年打轉於這個領域的我來說，我也打算以出老千來獲得勝利。

雖然手冊上有說明，若被發現作弊，將直接報銷樂園黑卡。

但所有賭場都是如此，一旦發現作弊下場都很慘烈，所以這並沒有打消我出千的打算。」

我用抱怨的語氣說：

「那麼我該怎麼辦，只能老實地進行賭局嗎？」

罪伊弦聳了聳肩，無奈地回應：

「只能盡量傳授你一些出千技巧了。

我們來到人間樂園的時間是，早上七點左右。距離報名截止時間，還有五個小時。

當然我也覺得，不太可能在這段時間內就練上手就是了。」

我舉起咖啡杯，試探地問：

「照妳這麼說，妳願意協助我了？」

「那當然，在機艙裡時我不是和你說過了嗎？我和你同為受害者，那麼或許能成為夥伴，以脫離現狀為目標來合作。只不過以現狀來看，沒有可以『合作』的餘地，最多只能給予『協助』。」

我啜了口咖啡，露出笑容說：

「呵，虧妳還是名職業賭徒，卻沒發現一件事情？」

罪伊弦露出了不解的表情道：

「什麼？你那突然轉變得這麼有信心的模樣，真是怪噁心的。」

「我們可以合作。」

罪伊弦露出了認真的表情問：

「你是說真的？」

我點了點頭，接著說：

「不過在那之前，妳先從手冊裡找出最單純的賭戲，當作情報交換吧。」

罪伊弦將咖啡杯舉到鼻子前方，笑著說：

「雖然不知道你有什麼打算，但從你臉上的表情來看，或許是個滿有意思的鬼點子。」

我依著椅背，笑著說：

「等著瞧吧。」

罪伊弦冷笑了幾聲，接著將手冊翻到某一頁說：

「雖然是我沒聽過的賭戲，但卻是簡單且容易上手的遊戲。

名稱叫刺殺與裁決，雙方共有七張牌，並分成紅方與黑方。

雙方各持有的卡則是兩張A、兩張國王、兩張皇后，以及一張鬼牌。

而卡片有各自的角色——

A是殺手，可以刺殺對方的國王與皇后。

鬼牌則扮演死神，可以殺死對方的殺手。

國王和皇后，則可以裁決掉對方的死神。

另外，雙方出的卡片若能力或角色相同，則算該次平手。

但若某方的國王及皇后皆死去；或是死神被裁決；亦或者兩張殺手都死亡，達成以上任何一項條件，就算沒滿五回合也判定為輸家。

遊戲進行五個回合，平手的情況下則該回合重來，以獲勝次數最多者為優勝者。」

我稍微思考了一下，這個遊戲的進行模式後，得出了一個結論：

「規則聽起來確實易懂，但實際上雙方所進行的心理戰，卻又是另一回事。只不過這些都不重要。」

罪伊弦雙手叉在胸前，依著椅背問：

「那麼，你有什麼打算？」

「我們雙方指定參賽，然後進行這個『刺殺與裁決』，其中一方在第一回合，先故意輸給對方後，馬上棄權。」

罪伊弦冷笑了一聲說：

「這樣又有什麼意義，誰會想當輸家？」

「讓我把話說完。」

我將奶精球加到咖啡裡，邊用湯匙攪拌邊說：

「那個面具女說過吧，每項遊戲當中，都提供了每人五十億元的借貸籌碼。

贏家可以獲得借貸籌碼，作為額外報酬。

簡單來說，每一場賭局當中，絕對有一人會從賭場中拿走五十億。」

罪伊弦皺著眉頭說：

「這樣又如何？」

我啜了一口增添了奶味香氣的咖啡後，露出滿意的笑容，接著說：

「但這可是一個非常大的漏洞呢——

假如我們兩人聯手，讓贏家該場投注一百億，擔任莊家。

擔任輸家的那方，投注的籌碼是五十億。

在第一回合時，莊家就開出五十億的籌碼，而擔任輸家的人，在第一回合就故意輸給對方。」

我豎起食指道：

「這時擔任輸家的人，已經屬於獲勝次數較少的一方。

輸家此刻提出使用借貸籌碼，並馬上提出棄權，將完整的五十億借貸，還給賭場來抵銷輸家必須背負的債務。

與此同時，擔任贏家的那方，該場賭局結束後，身上總計有二百億沒錯吧。

贏家將輸家原有的五十億，連同拆分的二十五億報酬，一起還給輸家就行了，而贏家，也同樣也能拿到二十五億。

扣除每日十億的利息，最終仍有十五億的獲利。」

我比出「二」的手勢說：

「假如我們扣除飲食及住宿費，用來離開這裡的基本資金是二百億的話，那麼這種方式，大約二十天，就能存到安全離開這裡的五百億了。」

罪伊弦聽完之後，愣愣地說：

「我說，七尋夜……你真是個天才呢。」

她捏著下巴思考，面露不安地說：

「不過，雖然這個方法確實行得通，但現在最大的問題則是——」

罪伊弦的雙眼，就像是掠食者觀察著從未見過的獵物般，既渴望卻又遲疑地注視著我問：

「誰要當輸家？」

我苦笑著回應：

「是呢，這確實是最令人煩惱的問題。雖然排除了會輸的這項風險，可是這個方式卻面臨著，合作的對方會不會背叛彼此的風險。」

罪伊弦沉默了一會兒後說：

「算了，就由我來當輸家吧。」

我挑了挑眉問：

「決定得這麼乾脆？」

罪伊弦聳了聳肩，回答：

「原因很簡單，若背叛的人是你，光靠一局贏得的資產，也沒辦法存到五百億。

相對地，你一旦背叛的話，我也不會再跟你合作，下場也就是你必須正規地參加比賽，但你也沒有保證會贏的賭技。

所以背叛對你來說，就像自斷希望沒有兩樣，因此你並沒有背叛的理由及價值。」

我鬆了一口氣：

「妳能察覺到這件事，我真是感激不盡。」

罪伊弦將咖啡喝光，接著說：

「哪裡，我也該感謝你，竟然能觀察得這麼細微，我真是對你刮目相看了。」

我勾起嘴角。

細微……是嗎？

我也將杯子裡的液體一口吞光，接著站起身子說：

「那麼，按照計畫進行。」

我伸出手，停在罪伊弦的前方。

罪伊弦冷笑了一聲，站起身子握住我的手：

「願合作愉快。」

03

進行得很順利。

我們的計畫確實行得通。

在第一場上，擔任贏家的那方，投注籌碼比擔任輸家的那方多五十億，以取得莊家資格。

罪伊弦刻意輸掉後，使用了借貸籌碼，並當下喊出棄權。

果然沒錯，只要借貸籌碼一旦使用，就成了所有物。

只要別把借貸籌碼輸掉，就能將它還給賭場來抵銷敗者的負債。

這個結果就是，我們兩人的資產毫無減少。

反而還從賭場裡，拿走了五十億的獲勝獎金。

接下來就是，將罪伊弦原有的五十億，連同二十五億還給她就好了。

當賭局結束後，罪伊弦將自己的黑卡交給了我，並這麼說道：

「反正你是贈予者，一個人就能進行交易了。我接下來想確認住宿的方式，所以匯款就麻煩你處理了。」

我後來才驚覺，這是一個陷阱。

表面上看似信任的委託，但實際上是為了進行早已計畫好的「背叛」。

只是沒有想到，背叛竟然是以這種方式出現——

「在原持有者不願意的情況下，將非本人的黑卡占為己有，將強制扣除占有者的一百億做為補償金，轉匯給原持有者。」

在半路上，面具女出現在我面前，告訴我受到背叛的這個事實：

「您遭到舉發了呢，七尋夜先生。」

她指著我手上的兩張黑卡說：

「看來你占有罪伊弦小姐的樂園黑卡，罪證確鑿。」

我不甘心地咬著牙說：

「這是她提出要求，要獨自我進行交易，這樣是在對方願意的情況下吧？」

面具女搖了搖頭說：

「很遺憾呢，罪伊弦小姐在舉發您的時候，可是親自說不願意被拿走黑卡呢。

況且，我想你是有意識地，拿著罪伊弦小姐的黑卡吧？」

我冷笑著說：

「一切以持有者為準，是嗎？」

面具女玩著髮尾回應：

「拿著別人的財務，即使非出自惡意……但這種瓜田李下的行為，本身就不應該。」

她的左眼突然轉向我，彷彿感受到一股令人窒息的寒意：

「還是說，您打算鑽賭場的漏洞，進行某種自作聰明的洗錢呢？」

她一手插腰，一手指著我說：

「雖然這麼做對您非常抱歉，但還是必須依照規矩。我必須從您的財產中強制扣除一百億，並轉匯給罪伊弦小姐做為補償。」

我覺悟地閉上了眼睛，嘆了口氣說：

「我明白了……」

04

我在原本的咖啡廳找到罪伊弦。

對方坐在咖啡廳裡，悠哉地啜著咖啡。

我走到罪伊弦的面前，接著將她的黑卡丟在桌上。

對方冷笑著抬頭一看，放下杯子淡然地說：

「用不著擺出那種表情，畢竟，我可是在一開始就說過了……」

她露出令人厭惡的笑容：

「我是名賭徒。」

我掄緊了雙拳。

對方接著說：

「所謂的賭徒，就是將贏錢視為唯一天職。我只不過是，在貫徹我的天職罷了。」

罪伊弦右手擺出槍的姿勢，抵著自己的太陽穴：

「就算是為了進行穩定的策略，但在我的價值觀中，果然還是容不下輸這個字。」

「妳這樣根本不算贏……」

我惡瞪著對方：

「只不過是用彆扭的方式，自以為是贏家！」

罪伊弦雙手叉在胸說：

「呵，現在正在鬧彆扭的人是誰呢？現在我的資產是三百億，而你只有二百五十億，這就是事實。」

「你這麼想贏，就用實力來贏我吧，用妳身為賭徒的實力！」

我指著她的鼻頭說：

「罪伊弦，我要指定妳為明日的對決人選，指定的遊戲是刺殺與裁決！」

罪伊弦露出極為險惡的笑容：

「想用我最拿手的專業向我挑戰？你真是……自不量力。」

我食指與中指夾著黑卡，半舉著說：

「少說廢話，我賭上全數二百五十億資產，如果你不希望我成為莊家的話，就得拿出二百五十億以上的籌碼。」

我用黑卡的一角指著罪伊弦：

「就讓我們一次定勝負！」

罪伊弦危險地瞇起眼睛：

「你找死。」

罪伊弦伸手拿起桌上，印著自己名字的黑卡，接著說：

「那我也拿出二百五十億，如此一來，我們的籌碼相等，這樣就能進行完整的五回合比賽。」

罪伊弦奸笑著說：

「我不會讓遊戲這麼快就結束的，讓我們好好地『賭』一場吧，七、尋、夜。」

05

隔日，下午一點，對決開始。

賭場內，我和罪伊弦分別在長桌的兩端。

而長桌中間的位置，則有一名戴著面具的裁判。

我們兩人上方都各有個電子數字面板，那是顯示此刻擁有多少籌碼的機器。

我和罪伊弦都顯示二百五十億的字樣。

裁判將牌發放至我和罪伊弦的手上，接著說：

「這場雙方籌碼相等，每回合賭金固定為五十億。」

我看著自己的手牌，從左到右分別為——

方塊A、愛心A、鬼牌、方塊K、愛心K、方塊Q、愛心Q。

這時，裁判攤開雙手：

「第一回合，籌碼五十億。雙方釋出決定的牌後，在揭牌前不可收回。那麼，刺殺與裁決，遊戲開始——」

罪伊弦將手牌成扇形拿著，對著我說：

「有膽量和我賭博，這點必須誇獎你，就送你一個禮物吧。」

罪伊弦竟然將手上的牌攤在桌上，而從左到右的順序是——

鬼牌、梅花A、黑桃A、梅花Q、黑桃Q、梅花K、黑桃K。

我警戒地問：

「妳在做什麼？」

罪伊弦笑著回答：

「從現在開始，我不會更動這個順序。」

接著，她將牌一張張蓋起來，但順序並沒有改變。

「我想以你的記憶力，應該不會記不住這七張牌的順序吧？」

隨後，她將左邊數來的第二張牌，往左邊挪動，軌跡經過旁邊蓋著的鬼牌上方，最後往前推到中央，由裁判接手。

罪伊弦抬起下巴，一派輕鬆地說：

「好了，輪到你了，七尋夜。」

我咬著拇指指甲思考——

那張牌是左邊數來第二，所以照裡來說是梅花A；也就是殺手。

我望向現在在裁判右手上的牌……

那張牌，真的會是殺手嗎？

不，絕對不會那麼單純的，她可是職業賭徒。

攤開自己的牌，並說絕對不會更動順序，一定是種心裡戰。

對了，剛才——

她的手有經過最左邊的牌上方；也就是鬼牌。

所以就算表面上看似拿走了梅花A，而此刻在她桌上空著的，也是左邊數來第二個位置。

但以職業賭徒來說……

她這麼做了對吧——將梅花A移動到鬼牌的位置，而真正釋出的牌則是鬼牌。

所以這個時候，就用皇后來試探對方吧！

我將方塊Q背面朝上推給裁判。

裁判收到我們兩人釋出的牌後，宣布：

「那麼，第一回合，成果揭曉……」

裁判翻開兩張牌，而出現在我眼前的畫面，令我瞪大了眼。

罪伊弦的牌是梅花A，而我的牌則是方塊Q。

「殺手刺殺了皇后，這回合的勝利者是罪伊弦小姐。」

罪伊弦對著我嘲諷地說：

「你腦袋不清楚了嗎，七尋夜？我不是說過，不會更動順序嗎？」

上方的數字面板，罪伊弦變成了三百億，而我則是二百億。

隨後，罪伊弦將牌組重新排列，從左到右的順序是——

鬼牌、梅花Q、黑桃Q、梅花K、黑桃K、梅花A、黑桃A。

「接下來……」

罪伊弦以最右的牌在上面的方式，將牌重疊在一起：

「我同樣不會更動順序。」

接著，她將整組牌翻到背面。

然後用大拇指推出最上方的牌，食指則抵著牌組的下方，將推出來的牌地給了裁判。

罪伊弦露著冰冷的微笑：

「我會把你剩下的二百億，半毛不剩地……贏個精光。」

但看到方才畫面的我，露出了大大的笑容：

「呵呵，妳說要把我的二百億，半毛不剩地贏個精光？」

我抬起下巴道：

「妳犯下了一個最大的錯誤，那就是選擇最先出牌。」

罪伊弦的笑容突然變僵硬，冒著冷汗說：

「終於知道自己走投無路，所以開始虛張聲勢了嗎？」

我哼笑了一聲，回應：

「我是不是在虛張聲勢，馬上就知道了。

妳剛才的動作，表面上是推出最上方的那張牌……

但是為什麼，食指要放在牌組的下方，呈現這種不自然的拿牌姿勢呢？」

我豎起食指解釋：

「原因很簡單。妳真正要出的牌，是牌組最下方的那張吧？」

罪伊弦驚訝地瞪大雙眼。

看到對方的反應，我忍不住露出勝利般的微笑：

「上一回合，妳說不會更動順序，並證實自己如同所說的一樣，沒有更動展示的順序。並在這一回合，使用相同的手法。如果沒有發現破綻，或許就會開始相信，妳仍不會更動順序……」

我指著對方大喊：

「但事實上，妳推出來的並不是最上方的鬼牌，而是最下方的黑桃A吧！」

罪伊弦露出錯愕的表情：

「什──」

我得手般地笑著說：

「妳想藉此引誘我釋出國王或皇后，並在攤牌時，結果妳出的是殺手，來取得這回合的勝利。我說得沒錯吧，罪伊弦？」

罪伊弦冒著冷汗乾笑：

「哼，這些全都只是你的推測罷了。你真的這麼認為，我釋出的牌會是殺手嗎？」

我笑著說：

「答案都寫在妳的臉上。」

罪伊弦怔了怔。

我接著說：

「這也就是為什麼我會說，妳犯下了最大的錯誤，就是選擇最先出牌了。因為妳無法收回那張牌，也因此當我說中之後，妳的反應就成了證實我是正確的一個最好的指標。妳擁有技術，但對於技術太過於依賴，反而忽略了在賭場上所表露的一些反應，這表示妳這名賭徒也不過如此罷了。」

罪伊弦不甘心地咬了咬牙說：

「哼，只不過是一個回合勝利罷了，下一次我可不會再犯這種錯誤！」

我無趣地撫著額頭說：

「但遺憾的是，沒有下一次了，這場賭博的勝負已成定局。」

罪伊弦表情不安地說：

「你難道忘了嗎，這只是第二回合而已喔。」

我閉著眼睛笑了笑說：

「我當然沒有忘記。反到是妳，難道忘了借貸籌碼的存在嗎？」

罪伊弦發出了不甘心的低鳴。

然而我不給她喘息的機會，繼續說下去：

「只有獲勝次數較少的一方，才能使用借貸籌碼，然而我已經滿足這個條件。成為我必勝的關鍵則是，使用借貸籌碼的一方，將無條件成為『莊家』。莊家有資格決定該回合的籌碼，然而閒家只能『強制接受』。

這麼一來，誰勝誰負很明白了……」

我丟出手中的鬼牌，對著那個背叛者大吼：

「使用借貸籌碼！這回合的籌碼是——三百五十億！

我要把妳剩下的籌碼，連同借貸籌碼，一毛不剩地贏個精光！

這麼一來，就算五回合未完也將結束，因為妳已毫無籌碼！」

罪伊弦搗著嘴，一手撫著桌緣，低著頭沉默不語。

過了一會兒，她才發出難以察覺的喃喃：

「輸了……」

聲音逐漸變大，語氣還有些顫抖：

「輸了、輸了、輸了、輸了、輸了、輸了、輸了……」

她的雙肩就像哭泣一樣，一顫一顫地。

但沒有看見她的臉，實在難以確認現在的罪伊弦，到底是什麼表情。

「輸了？」

最後，顫抖停止了，從罪伊弦口中發出的，不再是之前那悅耳的聲音。

而是……

「呵、呵呵呵……」

如同惡魔般地大笑……

「哈哈哈哈哈！！哈哈哈哈哈哈——！！你比我想像中的還要蠢呢，七尋夜！」

我瞪大著眼，看著眼前那氣息與以往完全不同的……

如魔女般的罪伊弦。

「你以為我是誰？職業賭徒會出現那麼明顯的破綻嗎？會在賭場上露出錯愕的表情嗎？」

罪伊弦的長髮就像魔女一樣豎起，雙手手掌朝上半舉：

「那、當、然、是、故、意、的！」

對方的這句話，讓我頓時腦袋一片空白。

罪伊弦的瞳孔變得毫無生氣，病氣地吐出舌頭說：

「我早預料你會察覺我的破綻，也知道你會用借貸籌碼的特性，想了結這場賭局，最後也知道你會開出三百五十億的籌碼，然後丟出手中的鬼牌——」

我顫抖的視線，彷彿被罪伊弦那空洞的雙眼給吸了進去似的……

「這一切，全都預料之中啊！」

罪伊弦全身散發著黑色的氣息：

「告訴你吧，我所釋出的牌，既不是殺手也不是死神……而是能夠審判死神的，至高無上的國王啊——！！」

當對方的這句話落下，我全身動彈不得，連半句話也出不出來。

只有無止盡的……

「………………」

就在完全的死寂之中，裁判開口了：

「那麼，第二回合，成果揭曉——」

裁判攤開罪伊弦的牌，是黑桃K。

而我，則是鬼牌。

「國王裁決了死神，這回合的勝利者是罪伊弦小姐。」

罪伊弦如同惡魔般笑著、頭髮如同魔女般批散、全身滲著狂氣的黑煙：

「哈哈哈哈哈哈——!!GAME OVER!!」

上方的數字面板，罪伊弦變成了五百五十億，而我則是負一百五十億。

裁判豎起食指說：

「已達成一方籌碼完全耗盡之條件，遊戲結束。」

我無法克制地跪了下來，雙手握拳支撐著桌緣，垂著頭使力咬緊牙關。

裁判接著說道：

「優勝者，擁有五百五十億的是——」

我已經無法克制，揚起了笑容。

「七尋夜先生。」

「什……」

罪伊弦難以置信地說：

「你剛才……說誰是優勝者？」

裁判無視罪伊弦的問題，接著宣布：

「敗北者，身無分文的則是——罪伊弦小姐。」

罪伊弦歇斯底里地大叫：

「蛤！你頭殼壞掉了嗎，怎麼看贏家都是我才對啊！」

……終於。

「毫無疑問，這是真正的結果。是我贏了呢，罪伊弦。」

罪伊弦咬著牙，惡視著我說：

「你……到底耍了什麼花樣！」

我微微顫抖著，緩緩爬起身子。

……終於，不用忍住不笑了。

「對不起，雖然不太想跟妳剛才一樣，可是……」

我掩著眼睛仰天大笑：

「呵呵……哈哈哈哈——！！哈哈哈哈哈哈——！！」

我好不容易止住狂笑，打開指縫看向罪伊弦，對方的表情只有錯愕。

「妳完全中了我的下懷呀！在這場賭局開始的瞬間，我就已經是贏家了。」

罪伊弦怒地雙拳緊握至蒼白：

「你、你到底……」

「我啊，早就知道妳會背叛，畢竟妳自己也說過了，不是嗎？」

我指著她說：

「妳可是一名……職業賭徒呢。」

「唔……！」

我雙手叉在胸前說：

「身為職業賭徒的妳，怎麼可能會沒有發現，只要互相合作，就能不斷從賭場裡，拿走五十億元的這個漏洞呢？妳不是不知道的，而是『假裝不知道』，沒錯吧？」

罪伊弦猛抽了口氣。

「妳想要藉此，讓對方發現這個手法；也就是讓我提出這個漏洞，並假裝想跟我合作這點，我早就知道了。

也就是說，打從一開始，我就知道妳打算背叛了。

妳假裝配合我的策略，是想將自己的黑卡推到我身上。

並使用占有舉發，藉此從我身上拿走本該平分的五十億。

即便我沒有提出這個方式，以妳這個職業賭徒來說，要在這種賭博的環境中生存下去，也是輕而易舉。

在這種看似完美，不管我有沒有提出這個漏洞，妳都不會有損失的雙向策略之下……

妳卻犯下了一個最大的錯誤。」

我攤開雙手，露出大大的笑容說：

「那就是……讓我同時擁有雙方的樂園黑卡。」

我指著罪伊弦，笑著說：

「為什麼明明是妳贏走了全數籌碼，但最後卻是我獲勝，金錢也屬於我的呢？」

罪伊弦露出好像想到什麼的表情，趕緊從口袋中拿出自己的樂園黑卡。

她看了看正反兩面，冒著冷汗說：

「你並沒有把黑卡掉包……不，這不可能掉包吧，畢竟這上面有我的名字，還有我的照片。」

我點了點頭說：

「確實，將卡片直接掉包的話的確不可能。但只掉包『重要部分』的話呢？」

罪伊弦露出極為錯愕的表情：

「難道說……」

我笑了笑說：

「看來妳想到了呢。沒有錯，掉包的不是卡片本身，而是上頭的『感應晶片』。說這個人間樂園應有盡有，果真一點也不誇張，進行晶片拆裝的工具，在這裡都能買得到。」

我也拿出了自己的黑卡：

「也就是說，妳拿著的黑卡，雖然印著自己的名字，但晶片所確認的身分，卻是我。」

我用黑卡的一角指著她說：

「妳和我，都代替了對方參加這場賭局。換句話說，正努力想在這場賭局中獲勝的妳……」

我危險地瞇起眼睛：

「實際上正是努力讓自己輸。」

罪伊弦露出極為錯愕的表情。

「相對地，在這場賭局中輸個精光的我……事實上，則是讓自己成為了優勝者。」

我伸手抓起了自己的頭髮：

「請容許我在這個時候，重新自我介紹……」

隨後一手扯下假髮，藏在當中的橘色長髮披散而下，罪伊弦難以置信地瞪大著眼。

「我的名字是七尋夜，性別是女性，職業是『詐欺師』。」

我用手指將頭髮梳順，笑著說：

「我的原則是，在『完全信任』一個人之前，『完全欺騙』對方。在妳跟我對上話的那刻開始，我就沒有任何一句話是實話。也就是說，在完全虛假的我面前，妳根本……」

我將黑卡的一角抵著下唇，勾起嘴角說：

「毫無勝算。」

06

罪伊弦一手支著落地窗，看著窗外那無邊無際的雲海。

從玻璃窗半透明的反射可以看見，她那吃下了敗仗的喪氣神情。

對方似乎也透夠反射，看見我走到她身後。

因此就算沒有回頭過來，也開口說話：

「七尋夜，哪有女生會有這麼男性化的名字呢，我想妳連自己的名字叫什麼，也是謊話吧。」

我淡淡笑了笑說：

「看來妳沒有忘記我的原則呢。事實上，我和妳是不同國家的人。在我的國家，名字都只有一個字喔。」

罪伊弦一臉怪異地轉身過來。

這時，我將手上的手提袋丟到罪伊弦的前方，裡頭發出金屬撞擊的聲響。

「這裡面一共有五千枚代幣，也就是實質五百億元，拿著它然後離開這個鬼地方吧。」

罪伊弦愣愣地看著地上的手提箱，不解地問：

「妳……為什麼？」

「我不需要離開這裡……不，應該說，我原本的打算，就是留在這裡。」

「留在這？這樣的話，妳可是要繼續賭博的喔。即使妳的謊言再怎麼厲害，也不可能一直在賭場中生存的……」

我打斷了對方的話：

「稍微問妳一件事情，妳認為我從頭到尾，真的只有一味地欺騙妳嗎？」

罪伊弦乾笑著說：

「不就是如此嗎？就連名字、性別都欺騙了，我真的沒辦法從妳身上的任何一處，找到『信任』這個詞呢。」

「不過實際上，我最終會勝利，其實是因為我相信妳。」

罪伊弦怔了怔。

「我相信妳的能力，相信我自己絕對不會勝過妳的賭技，也因此認真地和妳進行賭博，最後果真不出我所料，我輸給了你。雖然實際上是我獲勝了，但妳在賭技上確實贏過了我，我就是基於這個『相信』，最終才會如我的計畫勝出。」

我雙手叉在胸前，接著說：

「世上最厲害的謊言，不在於說的謊有多麼完美，而是在於該如何利用『信任』，來讓『謊言』成真。雖然我說自己是詐欺師，若以這種基礎上來說的話，我大概是『信任師』才對吧。」

「噗……」

罪伊弦忍不住笑了出來：

「什麼信任師，聽起來還真是好笑。」

我捏著髮尾說：

「我可是對這個稱呼感到非常自豪的。那麼回到方才妳的問題——我繼續留在這，根本不需要在賭什麼博。別忘了我的原則，我被帶來這裡的『原因』，當然也是『謊言』，而我究竟是為什麼而被帶來……」

我拿出了一個面具，那是和面具女一模一樣的，人間製藥的面具。

「和妳的賭局，只不過是人間製藥給予我的考試。然而我通過了這場考試，從今天起，我就是人間製藥的人。」

我將面具戴上，只有左眼得以看見眼前的景像。

就當我正打算轉身離開時，罪伊弦對著我說：

「我不會忘記妳的原則。」

我停下了腳步。

「妳說從今天起妳就是人間製藥的人？呵，如果妳真的是站在人間製藥那邊的話，就不會稱這裡是個『鬼地方』了。」

在面具底下的我，露出了笑容。

我轉身回望罪伊弦，接著豎起食指，抵在雙唇之間的位置：

「噓……」

Episode Nine

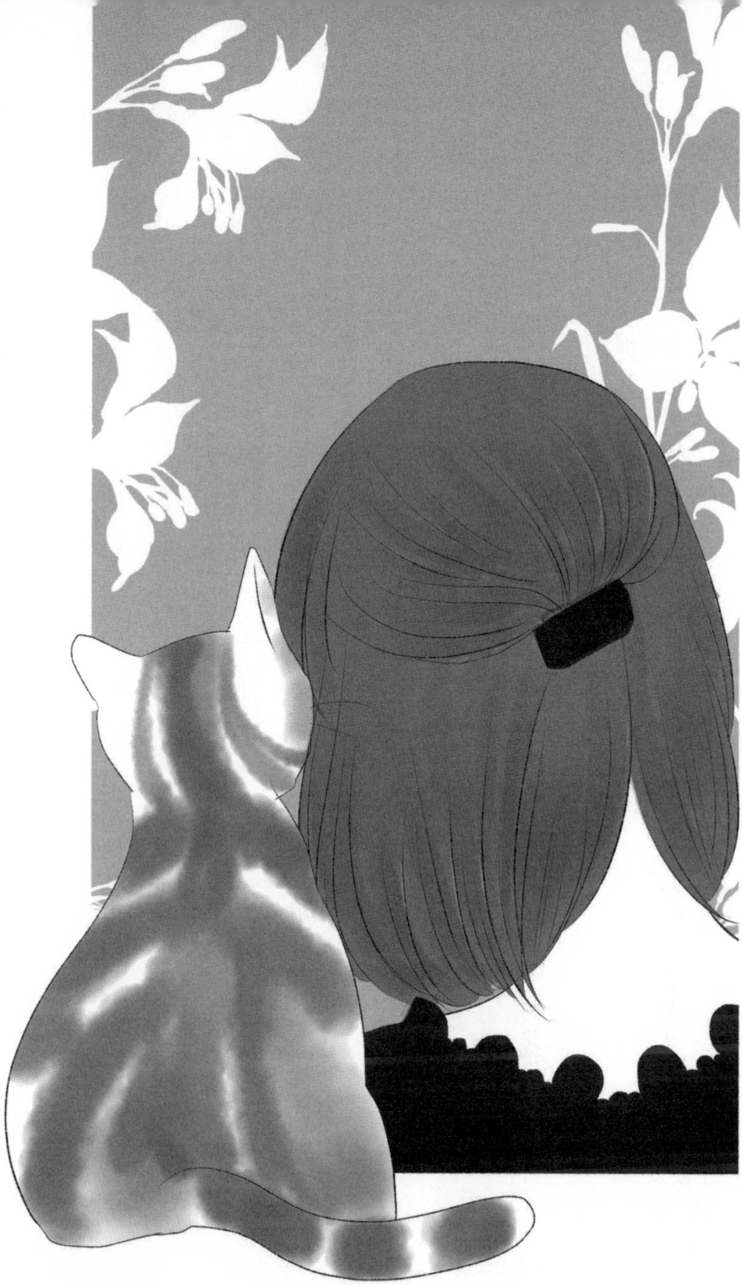

Warm of dream

言語是什麼呢？
雖然我不太明白，但是，似乎是很美妙的東西呢。
人們因對方的言語而發笑、生氣，亦或悲傷。
但對我來說，那只是個複雜的聲音。
每段音息都不相同，難以理解。
人們到底是以什麼方式，分析如此複雜的聲音，化為所謂的「語言」呢？
到後來，我似乎有點理解了。
住在小巷子的我，位於一端出口，對面是一家店。
店外擺著漂亮的陽傘，以及潔白的椅子。
人們坐在椅子上喝著香氣四溢的東西。
那個東西很香，可是有次某個人不小心弄翻了，被我偷偷地嘗了一口。
很苦，不好喝。
從此之後，我只喜歡聞它的味道。
人之所以會說「語言」，是不是那個東西的關係呢？

香氣那麼美妙，時常啜著它的人，也應該能發出美妙的聲音，化為語言吧。
但我喝著很苦，無法接受，難怪我不會說話，也聽不懂。
但雖然聽不懂，至少還看得見。
人們說話的時候，若對方開心地說著，另一方也會笑著回應。
若一方苦惱、失落地訴說著語言，另一方也會皺起眉頭，安慰著對方。
我靠著畫面在辨認所謂的語言，我能做的最多就這樣了。
久了之後，我稍稍能理解人在說些什麼了。
至少從對方說話的表情上，我大概能猜出他想表達的情感。
僅此。

02

一旁經營餐廳的店家，會將剩餘的食物暫時擺在小巷的桶子裡。
餓的時候，我就會翻找可以吃的東西。
運氣好的話，能發現吃剩的沙丁魚。
我最喜歡沙丁魚了。
渴的時候，另一旁販賣蔬果的店家，每天都會有洗蔬果流出的水。

每天的味道都不一樣。
有時候帶點番茄味，有時候則是不怎麼喜歡的蔬菜味。
運氣好的話，會有帶著蘋果香甘甜的水。
累了就躥進餐廳某個員工，替我準備的紙箱。
裡面鋪著毛巾，很軟很舒服，馬上就能睡著了。
下雨時，這裡的店家會敞開雨棚，我能在下面躲雨。
無聊的時候，對著巷口人來人往的街道大叫，不少人會投來笑容，以及憐憫的表情。
不知道該做什麼的時候，就跑到對面的店家，聞著喜歡的香氣，趴著曬太陽。
人們有時候會摸摸我、騷騷我，或將我抱起來，放在自己溫暖的大腿上。
我從有意識以來，就一直過著這樣的生活了。

03

有一天，有個人將我帶走了。
把我帶到陌生的地方。
四周都是白色的牆壁。

只有小小透明的牆，隔著外面世界，從那裡才能看見外頭。
第一次不知道有著透明的牆壁，害我撞到鼻子，真的好痛。
不過習慣了，我喜歡坐在透明牆的前面，看著外頭。
看不見了呢。
沒有熟悉的店家。
聽不見了呢。
高談闊論的人們。
聞不到了呢。
那個很喜歡的香味。
可是我不感到無聊，反而每天每天都更加充實。
有個人，常常抱著我。
常常摸摸我。
常常笑著和我說話。
雖然聞不到之前那個香味，可是，這個人身上的香味也很棒呢。
長長的毛髮，雖然是黑色的，但是味道好好聞。
她的指尖好柔軟，好舒服。
我只要舔舔她，對方就會開心地笑了。

拿著很有趣，毛茸茸的東西逗我，只要我抓住了，她就會獎勵我，騷我的肚子。

就算沒抓到，她還是一樣很開心。

她餵我吃比桶子裡找到的沙丁魚，更美味的食物。

她餵我喝乾淨順口的水。

但是，我不懂。

為什麼她要對我付出這麼多呢？

為什麼我做什麼，她都會很高興呢？

我不懂。

可是，當我回過神來的時候。

她已經沒辦法從我的世界中去除了。

我好喜歡她。

睡覺時，我喜歡躍進她的棉被裡。

當她出門的時候，我總是待在門口附近，等她回來。

在她盯著一個發光的箱子看時，我覺得有些忌妒，跑到箱子前面，讓她多看看我。

就算每天都能和她有互動，但我漸漸覺得不夠。

我開始想盡辦法吸引她的注意。
我抓破一些東西。
摔壞一些東西。
弄倒裝著她不要東西的桶子。
有時候叫個幾聲。
有時候磨蹭她的腿。
我不想和她分開。
因為她是我的全部。
我的世界。
我活下去的價值。
我的主人。

04

不知道過了多久，我的身體漸漸不好活動了。
總是喜歡跳上去的台子，現在再也跳不上去了。
我已經沒辦法和發光箱子吃醋了。

我沒有力氣抓破任何東西。
我吃不下飯，就算是喜歡吃的東西。
我撞不倒桶子。
我好累。
原本我做了什麼事，她都會很高興的。
但是，為什麼呢。
她抱著我，發出我至今沒聽過的聲音。
不像語言那樣。
每個音息都相同，而且聽起來特別難過。
從她眼睛裡流出來的水，弄濕了我的毛髮。
我再次被帶去一個陌生的地方。
白色，什麼都是白色的。
白色的燈光，白色的牆壁，一身白色的人。
周圍有不好聞的味道。
好想回去，好想聞聞她的味道，我不想待在這裡。
可是我沒有力氣了。

05

她來接我了。
雖然沒辦法自己站起來，但她把我抱了起來。
我舔舔她。
她哭了。
為什麼不笑呢？
這個水，好鹹喔。
為什麼不笑呢？
像平常一樣，拿毛茸茸的東西逗我吧，雖然已經抓不到了。
像平常一樣，騷騷我的肚子嘛。
是我做錯了什麼嗎？
我不應該和發光的箱子吵架嗎？
我不應該摔壞東西嗎？
對不起。
真的很對不起。

所以拜託了，可不可以不要露出這種表情？
我再次舔舔她。
她更深地把我抱入懷中。
好香的味道。
好舒服。
現在我終於知道，為什麼了。
因為，我要離開了。
因為我要離開，所以她哭了。
別這樣嘛。
妳帶我到自己的窩。
妳照顧我。
妳和我玩。
妳逗我。
妳養我。
妳陪著我。
餵我吃好吃的。
餵我喝乾淨的水。

我已經，沒有什麼好奢求了。
妳總是讓我感到快樂。
現在，我只想要看妳笑。
不會語言，真得很可惜。
但是，如果我會說話的話。
請妳，笑一下吧。
我的存在，是否也讓妳，感受到相同的快樂呢？
如果是的話，那麼，沒有什麼好可惜的喔。
我喜歡妳，主人。
謝謝妳。

後記

大家好，我是海犬。

此時此刻我敲打鍵盤的字句，是為了讓未來的你看見。

而此時此刻你所看見的字句，是我曾經為了讓現在的你看見。

不管是對你、還是對我來說，這些文字都是屬於「此時此刻」。

但卻是在過去與未來的兩個不同的時間。

小說或許算是一種時光機也說不定吧？

這也是讓我如此著迷創作的其中一個原因。

寫後記就像是與讀者對話，而能與未來的你說話，感覺真的非常不可思議。

這種感覺雖然不是第一次，但也僅僅只是第二次而已。

在這本書被你捧在手上的同時，也意味著我人生至今，已經出版第二本書了。

當我第一次拿著輕小說閱讀時，心想——

如果書店的架上，能夠有一本出自於我之手的輕小說，該有多好呢？

當我第一次拿著我現在仍是最喜歡的作者──乙一的短篇集作品閱讀時，心想──

如果書架上，能夠有一本出自於我之手的小說短篇集，該有多好呢？

這些憧憬一一達成，但我似乎變得更加貪心而無法感到滿足，更多的憧憬接二連三地出現──

如果作品能夠成為動畫該有多好呢？

如果作品能夠成為動畫，片頭曲由最愛的樂團「ONE OK ROCK」來作曲該有多好呢？

如果作品能夠出現在大螢幕上該有多好呢？

如果作品能夠出現在大螢幕上，配樂能讓最喜愛的音樂家「V.K克」作曲該有多好呢？

如果光靠創作，就能像從小就喜歡的歌手「MC熱狗」歌詞中的一句話──「我沒有工作，可是得意家裡從來不鬧飢荒」一樣該有多好呢？

未來還會有更多「該有多好」的想法，或許在別人眼中，這些想法是自以為是、癡人說夢，或認為我瘋了吧？

但當我把生活重心放在在創作上的當下，或許，我早就已經瘋了。

回過頭來回想昔日種種的憧憬，才發現自己竟然已經走了這麼長的一段路。

但這條路上，是永遠沒有終點的。

我也不希望會走到終點，因為我想一直這麼走下去。

最後，非常感謝你願意買下這本書。

如果這些故事能夠改變你什麼，或讓你領悟到什麼，那麼一切的努力都值得了。

若你喜歡我的作品，歡迎追蹤海犬的FB粉絲專頁，或是訂閱海犬的巴哈姆特小屋。

你的存在，是我創作的主要動力。

你的支持，是新書誕生的主要原料。

一名作家的生命，由你的雙手來決定。

創作並不是作家一個人的事，更不是作家與編輯兩人的事，而是更多人一同參與的美麗事物。

所以此時此刻看著這些的你，是這本書的創造者之一。

也可能是未來，新作品的創造者之一。

所以，請你跟我一同創作出更棒的作品吧！

——海犬二〇一六・七・二七

國家圖書館出版品預行編目（CIP）資料

在凋零的季節中綻放吧 : 海犬短篇小說選 / 海犬著 . --
初版 . -- 新 北市 : 斑馬線, 2016.09
面； 公分

ISBN 978-986-93375-3-3 (平裝)

857.63 105015564

海犬短篇小說選

在凋零的季節中綻放吧

作　　者：海犬
編　　輯：施榮華
封面及內頁繪圖：榭芙
封面設計：Poetry Atelier

發 行 人：洪錫麟
社　　長：張仰賢
製　　作：角立有限公司
出 版 者：斑馬線文庫有限公司
法律顧問：林仟雯律師

總 經 銷：楨德圖書事業有限公司
地　　址：新北市新店區寶興路 45 巷 6 弄 7 號 5 樓
電　　話：02-8919-3369
傳　　真：02-8914-5524

製版印刷：龍虎電腦排版股份有限公司
出版日期：2016 年 9 月
定　　價：180 元
I S B N：978-986-93375-3-3